AF236038

Timm Weber

Panorama

Bibliografische Information der Deutschen Nationalbibliothek: Die Deutsche Nationalbibliothek verzeichnet diese Publikation in der Deutschen Nationalbibliografie; detaillierte bibliografische Daten sind im Internet über dnb.dnb.de abrufbar.

Cover Gestaltung; Simone Eiteljoerge

Lektorat: Klaudia Rosen

Herstellung und Verlag: BoD – Books on Demand, Norderstedt

978-3-752-66156-9

Herbst 2020. Lockdown. Homeoffice. Was gibt es anderes zu tun, als am Schreibtisch zu sitzen, von dort die Welt zu beobachten und aufzuschreiben, was passiert. Oder was passieren könnte.

Ähnlichkeiten mit lebenden Personen können nicht ganz ausgeschlossen werden.

Gemischte Post

Ich sitze an meinem Schreibtisch und schaue aus dem Fenster. Ein DHL-Wagen hält vor der Tür. Der Wagen parkt in zweiter Reihe. Schwungvoll öffnet der Fahrer die Tür, um auszusteigen. Er hat noch nicht einen Fuß auf die Straße gesetzt, da hört er schon wildes Geklingel eines aufgebrachten E-Bike-Pendlers, der durch die aufstehende Fahrertür seine Ideallinie auf dem Weg zur Arbeit gefährdet sieht.

Sich nichts anmerken lassend, steigt der Kurierfahrer aus seiner gelben Kiste und schlurft zum Heck seines Wagens. Man sieht dem Mann an, dass er den Job schon eine ganze Weile macht und dass es nicht seine Erstwahl war – damals beim Berufsberatungsgespräch auf der Gesamtschule Oldenburg Mitte. Jeder Griff sitzt, die Routine ist klar zu erkennen. Aber genauso klar zu erkennen ist die quälende Vorstellung, heute wieder einen ganzen Wagen voller Pakete verteilen zu müssen. Allein der Gedanke an die unzähligen Treppenhäuser, die er hoch- und dann meistens unverrichteter Dinge auch wieder runtersteigen muss, lassen die Schultern des Fahrers noch etwas tiefer hängen. Pakete und Faruk, das ist kein Match Made in Heaven. Das ist maximal eine Zweckehe, die aber sofort eskalieren kann, wenn eine der Parteien mal die Zahnpastatube nicht richtig zugemacht hat. Oder die Paste gar aus der Mitte und nicht vom Ende herausgequetscht hat.

In seiner leuchtend gelben DHL-Jacke steht Faruk vor dem geöffneten Heck des Kastenwagens. Sein Blick schweift über die Regale. Alles bis oben hin voll mit Kisten: 40 Prozent Amazon, 12 % about you, gleichauf mit Zalando, ein paar leuchtend blaue Pakete von Conrad electronic. Und dazu eine kleine Zahl von Privatpaketen mit handgeschriebenen Etiketten von Oma an Enkel, von Mutter an Tochter, von Freund an Freundin. Wehmütig schaut er auf diese handgeschriebenen Raritäten und erinnert sich kurz an die Zeit, als solche Pakete alles waren, was er auszuliefern hatte. Als er sich selbst oft ein bisschen fühlte wie der Weihnachtsmann, der Menschen Dinge brachte, die andere Menschen mit guten Gedanken auf die Reise geschickt haben. Ach, was war das schön.

Ein Hupen hinter ihm reißt Faruk aus seinen Gedanken. Der Postwagen hat einen grauen Skoda zugeparkt, der jetzt dringend losmöchte. Faruk ignoriert das Poltern des Fahrers, schließt die Hecktüren, läuft gemütlich zur Fahrerkabine, schwingt sich hinein und fährt genau so weit nach vorn, dass der Škoda gerade so, aber doch mit Mühe aus seiner Parklücke kommt. Zurück zu den vielen Paketen. Faruk steht vor dem Berg an Arbeit, der auf ihn wartet, und muss sich kurz

8

orientieren. Wie war das noch mal gepackt? Von vorn links immer an der Wand entlang im Uhrzeigersinn nach vorn rechts, kombiniert mit einer mehr oder weniger eingehaltenen von-oben-nach-unten-Logik. Bevor es wirklich losgeht, holt er erst mal die Sackkarre aus der dafür vorgesehenen Halterung und stellt sie polternd auf die Straße. Kaum vorstellbar, dass er all die Pakete auch noch schleppen müsste.

Die heruntergeklappte Gabel der Sackkarre scheint ihn gierig anzuschauen. Sie will Pakete futtern. Kannst du haben, denkt Faruk. Und los geht's. Kurz hat er sich von der motivierten Sackkarre anstecken lassen, was zu einem energischen Sprung in den Wagen führt. Dann muss er selbst lachen bei dem Gedanken, dass eine Sackkarre ihn beeinflussen könnte, und fällt zurück in den üblichen Schlendrian. Er steht vorm Regal und fängt an, oben links die Adressaufkleber zu lesen. Hausnummer 10, Hausnummer 12. Stück für Stück lädt er sich die Pakete auf den Arm. Meistens schafft er 5–6 auf einmal. Heute sind die Pakete aber besonders voluminös, deshalb muss er schon mit drei Paketen das erste Mal aus dem Wagen, um die Sackkarre zu füttern. Faruk rätselt, was in den großen Paketen drin ist. Sie haben fast das Format einer kleinen Umzugskiste, sind aber nicht besonders schwer. Er hat in den Nachrichten gehört, dass sich die Menschen ihr Toilettenpapier bestellen und schicken lassen. Glauben mag er das nicht so wirklich, aber diese großen Pakete machen ihn stutzig. Wieder rein in den Wagen, nach weiteren Paketen

9

schauen, denn auf der Karre ist noch Platz. Er findet einige Amazon-Bestellungen für die 12. Ein paar Büchersendungen.

Und die Karre ist voll bis Oberkante Unterlippe. Raus aus dem Wagen. Türen verriegeln nicht vergessen. Paranoia pays, denkt Faruk und fragt sich gleich, wo er den Satz aufgeschnappt hat. Könnte das etwas gewesen sein, was Dirty Harry gesagt hat, bevor er einen von ihm erschossenen Gangster sicherheitshalber noch eine weitere Kugel in den Schädel jagt? Egal. Aber so zu denken wie Clint Eastwood fühlt sich gut an und er drückt die Fernbedienung seines DHL-Wagens mit dem gleichen entschlossenen Blick, mit dem Dirty Harry Gangster erledigt.

Über die Straße zum ersten Wohnhaus: 14 Parteien, ein großes Apartmenthaus, 6 Stockwerke. Aber soweit er sich erinnert, ein funktionierender Fahrstuhl, den man auch ohne Schlüssel benutzen kann. Das Thema antike Mietshausfahrstühle, die nur für die Bewohner mit einem speziellen Schlüssel nutzbar sind, lässt kurz sein Blut aufwallen. Einer der vielen Punkte auf der langen Liste, warum das Leben zu Paketboten wirklich nicht besonders freundlich ist. Nicht so in der Nummer 10. Er klingelt bei einem der Bewohner im obersten Stock. Der Türsummer summt, Faruk drückt die Haustür mit einer Schulter auf und verschwindet mit der Sackkarre, vollgepackt mit Paketen, im Haus.

Eine Weile passiert nichts.

10

Dann öffnet sich die Haustür der Schlüterstraße Nummer 10. Heraus kommt der Paketbote mit seiner Sackkarre. Sie ist quasi genauso voll wie vor 10 Minuten. Nur ein kleines Paket konnte er loswerden. Die Lieferung reicht dem Mann also immer noch locker bis zum Kinn. Seine noch weiter hängenden Schultern scheinen vollkommen hinter dem Paketberg zu verschwinden. Vielleicht sind ja die meisten Pakete gar nicht für die 10, sondern für die 12, hofft man und drückt Faruk die Daumen für mehr Erfolg im nächsten Mietshaus.

Wieder viele Wohnungen, wieder hohe Decken, aber diesmal leider ein Fahrstuhl mit „Außer Betrieb"- Schild. Die Haustür fällt hinter ihm ins Schloss. Wieder wird es still. Wind weht durch die Bäume. Die Krähen auf den Laternenmasten rufen sich gegenseitig wichtige Informationen zu. Wahrscheinlich geht es um einen achtlos weggeworfenen Döner-Rest oder um ein paar Tauben, die man dringend aufmischen sollte. Die Haustür öffnet sich wieder. Faruk kommt aus dem Haus. Die Karre ist genauso voll wie vorher. Gerade klebt er noch ein paar Benachrichtigungszettel an die Haustür und steckt Block und Kuli in die dafür vorgesehene Ärmeltasche seiner DHL-Jacke.

Was ein schlechter Start in den Arbeitstag. 2 Häuser, 20 Pakete, 1 ausgeliefert. Wie ein geschlagener Hund tritt er den Rückweg zu seinem Wagen an. Aber auf dem Weg dahin scheint ihm etwas einzufallen. Sein Blick ändert sich. Etwas, das entfernt an ein Lächeln erinnert, huscht über sein Gesicht. Mit genau diesem Gesichtsausdruck entriegelt er seinen Postwagen. Diesmal weniger

Clint Eastwood, sondern locker aus der Hüfte. Er verfrachtet die Pakete in die Retouren-Ecke in seinem Lieferwagen. Allerdings stapelt er sie nicht, sondern legt sie fein säuberlich nebeneinander. Jetzt schaut er sich kurz um, ob ihn jemand beobachtet. Keiner auf der Straße, die Luft ist rein. Schon macht er sich ans Werk.

Mit einem kleinen Cutter, der sich in einer der zahlreichen Ärmeltaschen befindet, öffnet er geschickt die Pakete. Genau so weit, dass man Dinge entnehmen kann, aber genau so wenig, dass man sie auch wieder gut verschließen kann. Er zieht aus dem Paket ganz links ein paar Herrensocken mit fliegenden Elefanten als Motiv und packt sie in das Paket eins weiter rechts. Aus diesem Paket entnimmt er ein kleines Taschenbuch mit dem Titel „Hochbeete bauen leicht gemacht" und schiebt es in das nächste Paket. Aus diesem hat er eine Packung Staubsaugerbeutel genommen und stopft die in das nächste. So geht es immer weiter. Jedes Paket bekommt eine kleine Aufmerksamkeit von seinem Nachbarpaket. Lustige Mischungen entstehen, Sachbücher werden ergänzt um Duschgel. Steuererklärungs-Software bekommt eine Flasche Wein dazu. Sneakers mit sehr hohen Plateau-Sohlen kriegen aus dem Nachbarpaket eine Dreierpackung Babyschnuller. Faruk hat Spaß beim Umpacken und beim darauffolgenden Spurenverwischen. Warum er das macht, er weiß es nicht. Dass er das macht, bringt ihn zum Lachen. Die Vorstellung der verdutzen Gesichter der Paketempfänger, wenn sie neben den bestellten

Dingen noch dazu etwas völlig Unerwartetes bekommen, macht ihm große Freude. Vielleicht ergeben sich durch diese Pakete ja neue Verbindungen in den Mietshäusern. Menschen, die schon lange Wand an Wand nebeneinander wohnen, kommen ins Gespräch, weil sie auf der Suche sind nach der Dreierpackung Babyschnuller oder nach der Steuererklärungs-Software.

Jetzt sind alle Pakete wieder verklebt. Nur ein wirklich geschultes Paket-Expertenauge könnte den Eingriff erkennen. Faruk betrachtet sein Werk zufrieden, stapelt die Pakete ins Retouren-Regal und fängt wieder an, seine Sackkarre für die nächste Fuhre zu beladen. Er schaut den Stapel an, wieder ist da dieses Etwas von einem Lächeln. Er muss sich selbst versprechen, das Paketroulette wirklich nur einmal am Tag zu spielen.

Größe 43

Ich sitze an meinem Schreibtisch und schaue aus dem Fenster. Ein älterer Mann kommt vorbeigelaufen. Er trägt die Haare kurz und einen gepflegten Bart.

Er trägt eine Funktionsjacke in verschiedenen Blautönen. Die Jacke ist bis unters Kinn zugereißverschlusst, denn es weht heute schon ganz ordentlich. Die gelben, roten, braunen Laubblätter segeln langsam auf den Gehsteig. Er trägt einen Instrumentenkasten über der Schulter. Es könnte ein geräumiger Kasten für eine Geige sein, aber auch eine Klarinette oder ein Sopransaxophon lassen sich in dieser Art Behältnis vermuten. Er trägt keine Schuhe.

Ja, er läuft mit nackten Füßen über die kalten Steinplatten. Ganz selbstverständlich setzt er einen nackten Fuß vor den nächsten. Schaut man genauer hin, entdeckt man: Seine Füße sehen sehr sauber aus. Sie heben sich mit ihrer hellen Farbe stark von dem dunklen Stoff seiner Hosenbeine ab. Die Farbe der Füße ist nicht wirklich weiß. Eher ein bisschen rosa-rötlich, was sicher an der starken Durchblutung liegt, die es braucht, um Füße bei diesem strengen Herbsttag warm zu halten. Schaut man noch einmal genauer hin, wobei sich die Frage schon stellt, wie genau man die nackten Füße eines Passanten überhaupt betrachten darf, sieht man trotz dieser Etikette-Unklarheit noch genauer hin, entdeckt man sehr gepflegte Fußnägel. Wie frisch von der Pediküre wirken die 10 Zehen, die sich da ganz selbstverständlich durch das feuchte und kalte Herbstlaub ihren Weg bahnen.

Gerade kreuzt sich der Weg unseres Musikers mit einer entgegenkommenden Passantin. Es lässt sich genau beobachten, wie die junge Frau erst nur einen Mann sieht, der ihr entgegenkommt. Als sie dann entdeckt, dass Klaus, so heißt er, keine Schuhe trägt, verändert sich ihr Blick schlagartig. Sie hat eine Entdeckung gemacht, ihr ist etwas Besonderes aufgefallen. Neugierig senkt sie den Blick, nicht aus Scheu oder Unsicherheit, sondern aus Interesse oder füßischem Gaffertum. Auch sie bemerkt die Reinheit der Füße, die ordentlichen Zehennägel, die in so einem starken Kontrast stehen zu dem Dreck auf der Straße. Im Vorbeigehen verlangsamt sie ihren Schritt und wendet sogar noch den Kopf, um Barfuß-Klaus hinterherzuschauen, so verwundert ist sie über diese Erscheinung.

Wen das gar nicht wundert, ist Klaus. Die entgegenkommende Passantin hat er gar nicht zur Kenntnis genommen. Er hat gar nicht bemerkt, dass sie sich so über ihn gewundert hat. Klaus geht weiter seines Weges. Er genießt den Gang über das frische Laub. Es erinnert ihn an seine Kindheit.

Groß geworden ist Klaus in Braunlage, einem kleinen Städtchen im Harz. Seine Eltern bewohnten das letzte Haus am Dorfrand. Gleich hinter ihrem Jägerzaun begann der Wald. Und gleich hinter ihrem Jägerzaun begann auch die Welt, in der er sich am wohlsten fühlte. Wenn Klaus gefragt wurde, wo er wohnt, dann sagte er nicht: „In Braunlage", dann sagte er stattdessen: „Gleich am Wald". Kein Tag verging, ohne dass Klaus durch den Wald streifte. Wetter war ihm egal, genau wie verpasstes Mittagessen oder Ärger mit seinen Eltern, die ihn anfangs immer noch suchten, aber es dann irgendwann bleiben ließen. Grob wussten sie ja, wo Klaus war und dass er irgendwann immer wieder zurückkam. Das genügte ihnen mit der Zeit. Klaus war glücklich im Wald. Das weiche Laub. Die vielen Farben. Die Stille und – wenn man genau hinhörte – die vielen unterschiedlichen Geräusche, die man nur in dieser perfekten Stille wahrnehmen kann.

Klaus beobachtete die Tiere, die Rehe, die Wildschweine, die Füchse – er muss kurz schmunzeln und sich eingestehen: Es gab nur einen Fuchs in seinem Wald. Er zähmte sogar ein paar Eichhörnchen. Sie kamen immer schon von Ast zu Ast gesprungen, wenn sie ihren Lieferservice kommen sahen. Ein paar Erdnüsse haben

16

gereicht, um sie so zutraulich zu machen. Klaus hatte sich, überall im Wald verteilt, kleine Unterschlüpfe und Aussichtsstellen gebaut. Er konnte tagelange Expeditionen von einem Unterschlupf zum nächsten machen.

Immer stapfte er durch den Wald und nie trug er dabei Schuhe. Sie waren ihm schon als kleines Kind ein Grauen. Seine Mutter hatte ihm gleich, als er laufen lernte, die schweren, viel zu großen Schuhe seines älteren Bruders angezogen. Sie meinte, die wären ja noch gut und er solle sich mal nicht so anstellen. Klaus erinnert sich noch wie heute an das Gefühl, zwei Betonklötze an den Beinen mit sich herumschleppen zu müssen. Jeder Schritt tat weh. Jeder Schritt in Schuhen war für ihn eine Qual.

So suchte Klaus eine Welt, in der es keine Schuhe brauchte. Diese Welt lag nicht auf den Straßen, Bürgersteigen, Schulfluren und Fußballplätzen von Braunlage, sondern sie lag auf der anderen Seite des häuslichen Jägerzauns. Im Wald. Dort zog es ihn hin, wann immer es ging. Kaum war die Schule aus, eilte er nach Hause, feuerte seine Schultasche in die eine Ecke, die Schuhe in die andere und war über den Zaun verschwunden. Es gab nichts Schöneres, als über den weichen Waldboden zu laufen, die Blätter und die Tannennadeln zu spüren. Mit der Zeit gewöhnten sich seine Füße an das Leben ohne Schuhe.

Kieselsteine oder spitze Äste bereiteten Klaus keine Schmerzen mehr. Das Gefühl, barfuß über kalten Asphalt zu gehen, empfand er bald als angenehm erfrischend.

Irgendwann stellte sich Klaus die Frage, warum er nur jenseits des Zauns so leben und gehen konnte, wie er mochte. Genau an seinem 18. Geburtstag ging er mit dem einen Paar Schuhe, das ihm seine Mutter aufgenötigt hatte, zum einzigen Altkleider-Container in Braunlage. Er zog Schuhe und Strümpfe aus und warf sie in den Container.

Seitdem läuft er barfuß durch sein Leben. Vom Wald in Braunlage bis zu Hamburger Bürgersteigen. Jeder Schritt eine Erinnerung. Jeder Schritt ein gutes Gefühl.

Warten in 100 Sprachen

Ich sitze an meinem Schreibtisch und schaue aus dem Fenster. Durch das dünner werdende Laub kann man jetzt gut die Universitätsbibliothek sehen. Genauer gesagt die Staats- und Universitätsbibliothek Hamburg Carl von Ossietzky. Ein großer Betonkasten, gebaut irgendwann in den 70ern. Brutalism hat sich damals breitgemacht und Schneisen geschlagen in das beschauliche Grindelviertel. In diesem Betonklotz lagert das Wissen der Stadt, das Wissen, das in die Köpfe der Studenten reingepaukt werden soll. Das Wissen, das verwandelt werden soll in Pro-Seminar-Hausarbeiten, in Referate von Arbeitsgruppen, gegen die Zweckehen ein wahres Vergnügen sind. Das Wissen gibt es hier, wie stolz auf der Webseite verkündet wird, in über 100 Sprachen. Ob man nach Balzac auf Französisch, nach Dostojewski auf Russisch, Faust auf Chinesisch oder nach den Memoiren des ersten Großmoguls auf Tschagataisch sucht, alles steht in Regalen bereit. Zum Ausleihen oder – wenn es um Handschriften wie zum Beispiel von Friedrich Gottlieb Kloppstock geht – zum Einsehen im Lesesaal.

Eigentlich öffnen sich die Türen schon früh morgens und das Licht brennt oft bis Mitternacht, damit die Studenten auch bis zum letzten Moment vor ihrer Abgabe die Quellenangaben in ihren Fußnoten verifizieren können. Um mal ein bisschen akademisches Vokabular einzuflechten. Nennt man wohl Abstrahleffekt.

Wie gesagt, eigentlich stehen die Türen offen.

Man wird begrüßt von Kaffeegeruch aus dem Coffeeshop, in der rechten Ecke des Gebäudes, vom geschäftigen An- und Ausziehen von Jacken, Mänteln, Parkas an der Garderobe. Vom Klappern der Spindtüren, in denen alle Sachen verschlossen werden müssen, die nicht mit in den Lesesaal dürfen.

Aber heute sind die Türen zu. Hygienebestimmungen wegen COVID-19, wie überall. Sichergestellt von sehr mürrisch dreinblickenden Security-Mitarbeitern, die peinlich genau darauf achten, dass genau immer nur so viele Wissenshungrige in das Gebäude hineindürfen wie herauskommen. Da es noch recht früh am Morgen ist, kommt quasi niemand verrichteter Dinge heraus. Eine lange Schlange hat sich gebildet. Sie windet sich kurvig vor dem Gebäude. Besonders beliebt sind bei den Wartenden die Glasboxen auf dem Vorplatz, die eigentlich für Raucher gedacht sind. Denn sie bieten wenigstens ein wenig Schutz vor dem alles durchdringenden Oktober Nieselregen.

In einem dieser Glaskästen steht auch Miriam, sechstes Semester Anglistik, langsam unterwegs Richtung Bachelor, nur leider gerade überhaupt nicht unterwegs Richtung Eingangstür der Bibliothek. Sie ist bepackt mit einem schweren Rucksack voller Bücher, deren Verleihfrist dringend noch einmal verlängert werden muss.

Der Rucksack zerrt an ihrer Schulter. Abstellen mag sie ihn aber auch nicht. Der Boden in diesen Raucherglaskästen ist selbst für ihre vom WG-Leben geprägte Schmutztoleranz eine ziemlich versiffte Angelegenheit. Miriam hatte sich heute extra den Wecker eine halbe Stunde früher gestellt. Denn sie wollte mit dem ersten Schwung Menschen in das Gebäude reinkommen. Sie war voller Elan und guter Vorsätze in das neue Herbstsemester gestartet.

Überrascht muss sie feststellen, dass viele andere Studenten genau den gleichen Einfall hatten wie sie. Die Schlange windet sich wie ein Lindwurm am Gebäude entlang. Weil sich nichts tut, wechselt Miriam ihren Rucksack jetzt erst einmal von der rechten auf die linke Schulter. Dabei stößt sie aus Versehen die Person hinter sich an. Manuel, ein spanischer Erasmusstudent, der es trotz Pandemie irgendwie an die Uni nach Hamburg geschafft hat. Durch das Anrempeln wird er aus seinen Tagträumen gerissen. Er hat dicke Kopfhörer auf und hört daraus in ziemlicher Lautstärke Héroes del Silencio. Eigentlich schämt er sich ein wenig für seinen sonderbaren 90er- Musikgeschmack. Aber wenn schon in seinem Leben nichts passiert, kann ein bisschen Drama in seinem Kopfhörer nicht schaden. Und dann plötzlich dieser Ruck. Es fühlt sich fast an wie ein Tackle beim Rugby, was da von rechts auf ihn zukommt. Manuel hebt seinen Kopf und schaut verwundert in die Richtung, aus der der Schlag gekommen ist. Vor ihm steht eine Frau. Etwa einen Kopf größer als er. Sie trägt einen sehr großen Rucksack, der so

22

schwer ist, dass er sie leicht ins Hohlkreuz biegt. Sie steht einfach so vor ihm, als wäre nichts gewesen. Manuel überlegt kurz. Wahrscheinlich hat sie ihren Rucksack von der einen Schulter auf die andere gewuchtet. Wahrscheinlich war sie in Gedanken genauso woanders wie er gerade. Und wahrscheinlich hat sie gar nicht gemerkt, dass ihr schwingender Rucksack ihm fast einen Milzriss verpasst hat.

Manuel überlegt weiter, ob er diese Frau ansprechen soll. Ob er sie darauf hinweisen soll, dass sie mit einem Rucksack unterwegs ist, der wegen Körperverletzung eingesperrt gehört. Er fragt sich, wie sie wohl aussehen mag. Denn außer ihrem großen Rucksack sieht er von ihr nur noch einen dieser Teddymäntel in Hellblau. Wassertropfen haben sich auf dem künstlichen Teddyfell abgesetzt. Wie das wohl riecht, so ein nasser Teddy?, denkt er. Manuel mustert die Frau vor ihm genauer. Er ist ein wenig eingeschüchtert ob ihrer Größe. Auch nach einem halben Jahr in Hamburg macht es ihm immer noch zu schaffen, dass er sich plötzlich als kleiner Mann fühlt. Er schaut die Frau vor sich genauer an, entdeckt, dass sie genau die gleichen Kopfhörer trägt wie er. Nicht diese üblichen weißen Bluetooth-Dinger von Apple, sondern den PX7 Over-Ear von Bowers & Wilkins. Ein Modell, das besonders bei Gitarrenrock die perfekte Klangwiedergabe bietet. Es gäbe also Anknüpfungspunkte, denkt er. Kleine Welt, wir hier in der Schlange mit den gleichen Kopfhören, könnte er sagen. Es könnte sich ein Gespräch entwickeln über Musik, Gitarrensoli,

Headbanging. Über die Sonderbarkeit, ein Hardrock-Fan zu sein, in Zeiten, in denen diese Musik doch eigentlich nur noch von ältlichen Trump-Wählern gehört wird. Da kommt plötzlich Bewegung in die Schlange. Ein ganzer Schwung von Wartenden darf raus aus dem Regen und rein in die Bibliothek. Auch die Frau vor Louis schafft es durch die Tür. Als er ihr hinterhereilen möchte, stellt sich ihm ein Security-Mann in den Weg und weist ihn an, zu warten.

Manuel schaut ihr nach, tastet seine rechte Seite ab, wo es zwischen Milz und Niere immer noch leicht schmerzt. Er dreht Héroes del Silencio ein bisschen lauter.

Gassi gehen

Ich sitze an meinem Schreibtisch und schaue aus dem Fenster. Aus dem Haus nebenan, der Nummer 16, kommt eine Frau mit ihrem Hund. Katrin trägt eine abgetragene Jacke Typ Barbour und neu glänzende, hohe, weinrote Gummistiefel mit gut sichtbarem Hunter-Aufdruck. Was man halt in Hamburg so trägt, wenn man bei jedem Wetter mit dem Hund raus muss. An der Leine hat sie ihren grau-braunen Weimaraner. Ein schönes Tier, groß und schlank und voller Energie. So voller Energie, dass er sein Frauchen hinter sich herzieht.

Katrin hat es gar nicht so leicht, ihm zu folgen, denn der Weg aus ihrem Haus ähnelt eher einem Hindernisparcours. Um auf den Bürgersteig zu gelangen, muss sie so einiges überwinden: eine provisorische Holztreppe, einen ausgehobenen Vorgarten voller Matsch, voller Löcher. Lose Baugerüstteile, die wild durcheinander liegen, braune Plastikdachrinnen, die im Nirgendwo enden. Dann muss sie auch noch am Baufahrstuhl vorbei, der an der rechten Seite der Hausfassade aufgestellt ist. Gerade fahren im Metallkorb zwei Bauarbeiter nach oben. Sie unterhalten sich lautstark auf Polnisch und nicken der Frau zu, man kennt sich.

26

Der Hund, Mortimer, schnüffelt am Gestänge des Bauaufzugs und hebt erst mal sein Bein, zum Markieren seines Reviers. Das bemerken die Handwerker auch und werfen dem stolzen Weimaraner einen genervten Blick zu. Die Frage, wem diese Baustelle gehört, ist noch nicht endgültig entschieden. Nachdem Katrin ihren linken Gummistiefel fast in einem besonders tiefen Matschloch des ehemaligen Vorgartens verloren hat, schafft sie es mit einem letzten großen Schritt auf den Bürgersteig. Sie schaut an dem Haus hoch, in dem sie jetzt schon so lange wohnt. Schön sieht es wieder aus. Die Fassade neu angemalt, die Fenster aufgearbeitet, der Erkerstuck gesandstrahlt. Wenn man nicht so genau auf den Matsch im Vorgarten schaut, erinnert nur noch dieser hässliche Bauaufzug an die Großbaustelle, die sich da in ihr Leben gedrängt hat. Etwas melancholisch schaut sie zu ihren Fenstern im zweiten Stock. Die einzigen Fenster im gesamten Haus, die nicht völlig eingestaubt sind. Die einzigen Fenster, hinter denen noch gewohnt wird und nicht geschlagbohrt, geestricht, gekabelt, geklempnert, gedielt, gefliest, gewasauchimmert.

Vor drei Jahren begann alles mit einem ganz normalen Brief, der durch den Briefschlitz ihrer Wohnungstür in ihr Leben flatterte. In wenigen nüchternen Zeilen informierte sie ihre Hausverwaltung, dass ein nicht genannter Investor alle Wohnungen im Haus aufgekauft hätte – bis auf ihre. Jetzt wolle er auch ihr gern ein Angebot machen. Denn er engagiere sich grundsätzlich nur in ganzen Objekten. Nur so ließe sich die umfängliche und konsequente Art der Sanierung durchführen, die dem Investor vorschwebe. Und nur so ließe sich nach Beendigung der Sanierung eine Rendite von mindestens 45 % erzielen. Diese Information stand natürlich nicht in dem Brief, die hatte sie über den Flurfunk erfahren. Um Katrin den Auszug aus ihrer Wohnung schmackhaft zu machen, möchte er ihr anbieten, für die Wohnung 10 % über dem Immobilienspiegel von Harvestehude zu bezahlen.

Vom Piepsen eines rückwärts einparkenden Lasters wird Katrin aus ihren Gedanken gerissen. Der Lastwagen ist so groß, dass er fast über den ganzen Bürgersteig ragt. Katrin macht erschrocken einen Schritt zur Seite. Der Lastwagen liefert die Teakholzbohlen für die neuen Decks und Balkone, die auf der Rückseite an das Haus gebaut wurden. Katrin kann sich noch wie heute erinnern, wie es sich anfühlte, als sie diesen Brief bekam. Sie hatte nie geboxt, sie hatte auch in der Schule nie Ärger mit Bullies, aber so musste sich ein Schlag in die Magengrube anfühlen. In den Monaten vor dem Brief hatte sie sich schon über einige Vorfälle im Haus gewundert. Das wissenschaftliche Institut wohnhaft in Souterrain und Hochparterre und gern im Garten für gesellige Biergelage, hatte seine Erlenmeyerkolben, Messgeräte und Großraumrechner zusammengepackt und war ausgezogen. Der dritte und vierte Stock war von Menschen bewohnt, die kaum in der Stadt waren. Jetzt kamen sie gar nicht mehr, stattdessen der

Möbelwagen. Unterm Dach lebte ein altes Ehepaar, die Heumanns. Ihnen war die Wohnung schon lange zu groß und sie freuten sich sehr über das großzügige Angebot des Investors. Mit dem Geld kauften sie sich ein Apartment mit Elbblick im Augustinum in Övelgönne und freuten sich jeden Tag statt Unicampus jetzt den Blick auf Schiffe und Blohm und Voss zu haben. Das Haus leerte sich und es wurde alles getan, dass sie sich diesem Strom anschließt. Der Reinigungsdienst, der eigentlich jede Woche das Treppenhaus durchfeudelte, hatte seine Arbeit eingestellt. Kaputte Glühbirnen, die sonst wie selbstverständlich ausgewechselt wurden, bleiben jetzt einfach kaputt. Eines Tages war der ganze Strom im Treppenhaus weg. Er kam erst wieder, als Katrin selber einen Elektriker beauftragt hatte.

Katrin schaute auf den Brief und dachte nach. 10 % über Immobilienspiegel, damit jemand anderes später 45 % Rendite machen kann. Das machte sie nicht zur Gewinnerin. Und wenn Katrin eins mochte in ihrem Leben, dann war das gewinnen. Sie fragte sich, was sie tun sollte. Sie könnte versuchen mehr von den 45% abzubekommen und sich so den Auszug vergolden zu lassen. Aber wollte sie das? Es ging ihr nicht so wahnsinnig ums Geld. Sie hatte geerbt, sie hatte sich im Guten – auch im finanziell Guten – scheiden lassen, sie hatte einen SL in der Tiefgarage der Uni stehen. Mehr Geld zu bekommen reizte sie überhaupt nicht. Was sie noch überhaupt nicht reizte, war die Vorstellung, ihre Wohnung aufzugeben. Sie hatte jetzt schon 15 Jahre darin gelebt, hatte sie zu einem Zeitpunkt gekauft, als noch nicht alle verrückt nach Immobilien waren. Sie mochte die großen hohen Räume, das Knarren des Parketts, den Blick auf die graue Wüste gegenüber, die sich Unicampus nennt. Ohne lange nachzudenken, zerriss sie den Brief und warf ihn in den Papiermüll. Ihr Entschluss stand fest: Sie würde bleiben, egal was der Investor anstellen würde.

Wuff! Mortimer holt sie aus ihrer Gedankenwelt. Ihr Hund will los, die Enten im Teich vor dem Audimax aufscheuchen. Katrin nickt ihm zu, los geht's. Ihre Gedanken bleiben aber bei dem Haus. Stückchenweise fallen ihr Szenen aus den letzten Jahren wieder ein. Dass sie zum Beispiel nie mehr einen Wecker brauchte, denn um Punkt sieben fing in irgendeinem Winkel im Haus eine Schlagbohrmaschine an zu dröhnen. Dass sie sich dachte, so eine Sanierung, die geht doch schnell – 6 bis 9 Monate, dann ist das rum. Das halte ich durch, das schaffe ich locker. Dass sie plötzlich ein Loch in ihrer Decke hatte, weil die Bauarbeiter die Schlagkraft des Presslufthammers, mit dem er die alten Küchenfliesen auslöste, unterschätzt hatte. Dass sie 10 unterschiedliche Arten von Staub am Geschmack unterscheiden kann. Dass Mortimer in der Zeit sein Fell von Braun-Grau nach Grau-Braun wechselte. Einfach weil so viel Staub an ihm hängen blieb, dass selbst ausführliches Bürsten und Shampoonieren dem keinen Einhalt gebieten konnte. Dass sie es kaum erwarten kann, wenn der blöde, hässliche Bauaufzug, der auch noch so schlimm klappert und quietscht, endlich verschwindet. Dass sie sich trotz allem auf die neuen Nachbarn freut.

Die ersten Wohnungen sind verkauft, bald ist Einzug, hoffentlich. Bald gibt es wieder mehr Leben im Haus. Und nicht nur im zweiten Stock.

Rotsehen

Ich sitze an meinem Schreibtisch und schaue aus dem Fenster. Ein lautes Röhren dröhnt über den Vorplatz der Universitäts-Bibliothek. Gleichzeitig tief und grollend, ergänzt um ein paar hohe schrille Töne, die trotz der dicken Thermopen-Verglasung in den Ohren fiepen.

Faruk, der DHL-Fahrer, der gerade seinen Kastenwagen geparkt hat und Pakete auf seine Sackkarre legt, schaut irritiert auf. Er kann das Geräusch nicht zuordnen. Erinnert es doch eher an Aufwärmrunden auf einer Rennstrecke als an eine beschauliche Nebenstraße mitten im Unicampus. Das Dröhnen wird lauter, es klingt als ob ein Dämpfer oder Schallschutz weggefallen wäre. Noch kreischender, noch aggressiver kommt das Geräusch immer näher. Es ist rot, es ist flach, es ist laut und es kommt aus dem Betonschlund der Uni-Tiefgarage geschossen. Ein Ferrari 430 Spider. So rot, dass er die bunten Blätter der Herbstbäume verblassen lässt. So flach, dass er quasi unter der geschlossenen Parkgaragen-Schranke durchschießen könnte. So laut, dass selbst die Krähen, die eigentlich nichts schreckt, sich verstört auf die nahe gelegenen Hochhausdächer flüchten.

Schlagartig kommt der Ferrari zum Stehen, um aus der Garagenausfahrt in die Straße abzubiegen. Trotz seiner 15 Jahre sieht der Spider wie neu aus. Perfekt polierter Lack, tiefschwarze schimmernde Reifen natürlich mit großer Goodyear-Beschriftung. Und auch das Stoffverdeck, das schnell Alterungserscheinungen zeigt, spannt sich straff und faltenfrei über dem Innenraum des Spiders. Martin hat seinen Boliden wirklich gut in Schuss gehalten. In seiner Multifunktionsjacke in verschiedenen Orangetönen und der grauen fusseligen Wollmütze wirkt er ein bisschen deplatziert im komplett in Leder ausgeschlagenen Cockpit. Man könnte denken, er sei ein Valet Guy, der den Wagen für seinen Kunden vor die Haustür fährt. Aber sowas wie Valet gibt es nicht in der Tiefgarage der Universität Hamburg. Hier haben nur die Besitzer Zugang zu ihren Autos. Und auch wenn es auf den ersten Blick nicht so passt: Der Spider und Martin sind ein Team. Ein bisschen hinterm Steuer eingeklemmt blickt der Fahrer nach rechts und links durch die niedrige Windschutzscheibe. So viele Fahrradfahrer sind hier unterwegs, kommen aus allen erlaubten und nicht erlaubten Richtungen. Schon mehrmals hat die zerklüftete und sehr unübersichtliche Karosserie seines Spiders Martin fast einen der Radler übersehen lassen. Mit den erwartbaren Reaktionen der VanMoof- und Gazelle-Piloten. Wildes Handgestikulieren, Stinkefinger, Verwünschungen und offensichtlichen Riesenneid hat er schon erlebt, wenn er sich aus der Garage in Bewegung setzen wollte. Vielleicht ist ja am Rotsehen doch was dran. Jetzt ist aber alles frei,

Martin legt den ersten Gang ein und schießt von der Ausfahrt. Von der starken Beschleunigung wird er in den engen Sportsitz gepresst, der Krach lässt seine Ohren dröhnen. Mit jedem Zentimeter, den sein rechter Fuß das Gaspedal weiter herunterdrückt, gehen seine Mundwinkel weiter nach oben. Martin ist immer noch über sich selbst überrascht, dass ihn auch nach so vielen Jahren, diese rohe Gewalt der Beschleunigung noch so begeistern kann. Und all das in dieser peinlichen roten Schleuder. Einem Auto, das er doch eigentlich gar nicht haben wollte.

Alles begann am 6. Februar 2009. Er erinnert sich noch daran, als wäre es gestern gewesen. Ein grauer Tag, den er in einer besonders grauen Ecke von Hamburg verbringen musste. Auf der Baustelle einer Lagerhalle am oberen Ende von Langenhorn. Martin war dort als Architekt und Bauleiter beauftragt, eine 4000 qm große Halle mit automatisierter Packlogistik zu errichten. Auftraggeber war ein deutsch-rumänisches Konsortium, das mit unschlagbar günstigen Konditionen einen Großteil des Ost-West-Speditionsaufkommens an sich binden wollte. Dessen ausgetüftelter Plan konnte nur funktionieren, wenn alles ganz knapp kalkuliert war. Leider so knapp, dass Martin heute, wo die Anzahlung für den zweiten Bauabschnitt getätigt werden sollte, drei bedröppelt dreinschauende Geschäftspartner gegenüberstanden.

34

Der letzte Monat sei schlecht gelaufen, erzählten sie ihm. Fahrerstreiks, Schwierigkeiten an den Grenzkontrollen hätten zu Verdienstausfällen geführt und jetzt fehlten die notwendigen Euro, um den Bau fortzusetzen. Martin stand seinen Geschäftspartnern schulterzuckend gegenüber. Er hatte das schon öfters erlebt, dass plötzlich das Geld nicht mehr reichte. Nicht mein Problem, dachte er. Wir arbeiten nur weiter, wenn es Kohle gibt. Wenn nicht, machen wir den Laden hier dicht und ziehen um zur nächsten Baustelle. Nachfrage gibt es ja gerade zum Glück genug. Und dankte dem lieben Gott, der die Vorkasse erfunden hat. Igor, einer der rumänischen Geschäftspartner, tuschelte etwas zu seinen Kollegen. Die schauten erst ihn überrascht an und dann zu Martin. So als würden sie abwägen, ob Igors Idee, die er ihnen gerade zugeflüstert hatte, für Martin vorstellbar wäre oder nicht.

Martin stand da in dem zugigen Rohbau und war gespannt, was jetzt kommen würde. Igor legte ihm den rechten Arm über die Schulter und bat ihn, auf einen kleinen Spaziergang mitzukommen. Was man als Lagerhallen-Architekt so alles erlebt, dachte sich Martin, versicherte sich, dass er sein Handy in der Hosentasche griffbereit hatte, falls er Hilfe herbeirufen müsste, und ging mit Igor aus dem Rohbau.

Sie gingen ein wenig über das matschige Baugelände bis zur Straße. Hier blieb Igor stehen und schaute Martin tief in die Augen. Du musst mir helfen, sagte er. Nur eine Woche brauche ich von dir. In einer Woche habe ich das Geld, aber wir dürfen uns jetzt keine Verzögerung erlauben. Als Pfand lasse ich dir dieses Auto. Und zeigte auf einen sehr rot leuchtenden Ferrari Spider, der ein wenig die Straße runter am Bordstein parkte. Und im Langenhorner Industriegebiet sehr deplatziert wirkte. Martin schaute in Richtung des Wagens und dann wieder zu Igor. Du willst mir einen Ferrari als Pfand geben, damit wir hier weiterbauen? Gehört der Wagen denn tatsächlich dir? Oder habe ich, falls ich mich auf dein Angebot einlasse, gleich morgen die Polizei bei mir vor der Tür, war die nächste Frage, die ihm einfiel.

Sein Gegenüber schien damit gerechnet zu haben und zog nicht nur den Kfz-Schein, sondern auch den dazugehörigen Kfz-Brief aus seiner Mantelinnentasche. Auf beiden Dokumenten war er als rechtmäßiger Besitzer eingetragen. Aber warum setzt du dich nicht einfach mal rein, schlug Igor vor, um etwas Bewegung in die festgefahrene Situation zu bringen. Warum nicht, dachte sich Martin, und schon saß er hinterm Steuer des Boliden. Igor schnippte ihm die Autoschlüssel rüber. Mach doch mal an die Kiste!

Martin steckte den Schlüssel ins Zündschloss. Ganz der Kenner suchte er erst links vom Lenkrad, dann fiel ihm aber ein, dass sie dort ja nur bei

Porsches sind. Also doch rechts wie bei seinem Renault Scénic.

Schlüssel drehen und dröhnen.

Dieses Geräusch, dieses Vibrieren. Das hatte er noch nicht erlebt. Bis zu dem Tag hatte sich Martin nicht viel aus Autos gemacht. Seine Wagen mussten funktionieren und waren wegen der vielen Baustelleneinsätze meistens matsch-verkrustet. Jetzt das. Ein für ihn völlig neues faszinierendes Gefühl. Er drückt das Gaspedal im Leerlauf ein bisschen tiefer. Lauter und lauter kommt der Sound quasi von der Rückbank, hinter der der V8 verbaut ist. Igor schaut ihn hoffend an. Martin versucht ernst zu schauen und sagt: Ok, du hast eine Woche. Igor nickt, eine Woche. Die beiden schütteln Hände und Igor überreicht Martin feierlich die Wagenpapiere. Den Schlüssel hat er ja schon. Eine Woche vergeht, Martin lässt die Bauarbeiten auf eigene Kosten weiterlaufen. Wieder ist man auf dem Gelände verabredet, um jetzt wirklich das Finanzielle zu regeln. Martin steht in der halbfertigen Halle neben dem Ferrari. Mit dem hat er sich richtig angefreundet, hat ein paar gummifressende Ampelstarts hingelegt, ein paar Drifts nachts auf dem leeren AEZ-Parkplatz gemacht und ihn immer wieder im Leerlauf aufdröhnen lassen.

Jetzt steht er da und wartet. Von Igor und seinen Kollegen keine Spur. Er wählt Igors Nummer, die bekannte Frauenstimme geht ran und sagt: Dieser Teilnehmer ist zurzeit nicht erreichbar ...

Igor kommt nicht. Martin ist nur halb überrascht. Hat zum Glück auf der Baustelle nur minimalen Aufwand betrieben und jetzt einen Ferrari. Er versucht noch eine andere Handynummer, auch dort die gleiche Nachricht. Schulterzuckend geht er zu den paar in der Halle versprengten Bauarbeitern und sagt ihnen, dass ab Morgen woanders weitergebaut wird. Die Männer lassen sofort alles fallen und sind schneller von der Baustelle verschwunden, als sich Martin in seinen Spider zwängen kann.

Zündschlüssel umdrehen, da ist es wieder, dieses unbeschreibliche Gefühl. Dieses Gefühl, das überhaupt nicht nachlässt. Auch nicht nach 10 Jahren. Dieses Gefühl, das so viel stärker ist als die Beschimpfungen der Radfahrer, die neidischen Blicke anderer mittelalter Männer oder die Beleidigungen, dass so einer wie er ja wohl nicht in so einen Wagen passen würde.

Pasta internationale

Ich sitze an meinem Schreibtisch und schaue aus dem Fenster. Ein älterer Mann kommt aus seinem Restaurant getreten. Sein Name ist Vinjay und sein Restaurant heißt Gran Sasso. Ein Traditions-Italiener, der seit über 30 Jahren quasi unverändert im Souterrain der Nummer 12 seine Gäste bewirtet. Betrieben von einem stolzen Besitzer, der im Norden Indiens an der Grenze zu Pakistan geboren wurde. Bei Gran Sasso gibt es alle italienischen Klassiker: Nudeln, Pasta, Tiramisu. Es gibt eine Terrasse, auf die die Abendsonne scheint und die zu Corona-Zeiten auch ohne Sonne sehr belebt ist. Außerdem gibt es eine Tageskarte. Der ganze Stolz von Vinjay. Auf eine Werbetafel, die vor dem Lokal an einer der Pergola-Stützen hängt, schreibt er jeden Tag die Gerichte, mit denen er seine Gäste besonders erfreuen möchte.

Heute schreibt er mit seiner krakeligen Handschrift auf die Tafel: selbst gemachte Gnocchi mit Lachs-Pernod-Sauce, Ravioli mit wildem Rucola gefüllt auf Salbei-Butter, Dorade im Salzmantel mit Datteltomaten. Die Geschmäcker setzen sich in seinem Kopf zusammen, während er die Gerichte auf die Tafel schreibt.

Diese italienischen Aromen, mit denen er die letzten 30 Jahre jeden Tag gearbeitet hat. Und das alles ohne überhaupt einmal in Italien gewesen zu sein. Keine Pizza in Napoli, keine Calamaretti in Venedig, keine Cassata auf Sizilien. Es hat irgendwie nie gepasst. Erst war das Geld knapp, dann waren die Kinder klein, dann musste ein neuer Herd angeschafft werden, dann wollte er in der Sommertouristenzeit sein Lokal nicht für Privatvergnügungen zusperren.

Schon sonderbar, denkt Vinjay, dass er etwas kocht und so gern mag, ohne darüber Bescheid zu wissen, wo das genau herkommt. Also die Pasta und Pomodori zum einen, aber auch die Lust, jeden Tag aufs Neue italienisches Essen zu kochen. Er muss an seine ersten Tage im Lokal Gran Sasso denken. Denn eigentlich hat sich damals nicht er ausgesucht, ein Restaurant zu führen, sondern das Restaurant hat sich ihn ausgesucht. Vinjay war gerade frisch in Hamburg angekommen. Hamburg hatte ihm vor seiner Reise nicht wirklich etwas gesagt oder bedeutet. Außer, dass ein entfernter Verwandter, der Cousin zweiten Grades seiner Mutter, hier lebte. Dieser Cousin war seine Anlaufstelle, sein erster Kontaktpunkt, um Fuß zu fassen in Europa. Hätte der Cousin in Gütersloh, in Edinburgh oder in Palermo gelebt, hätte es ihn dorthin verschlagen. So kam er also in Barmbek bei seinem Cousin unter und fror entsetzlich. Warum hatte ihn daheim niemand vor dieser schneidenden Kälte in Hamburg gewarnt. Wind, der durch die Straßen pfiff und sich anfühlte wie gehauchtes Eis. Langsam fing das Heimweh an, sich in Vinjays Hinterkopf breitzumachen. War es richtig gewesen, zu Hause alles aufzugeben und sein Glück auf dieser langen Reise herauszufordern? Sein Cousin griff in den Schrank und drückte ihm ein paar dicke Pullover in die Hand. Wird schon! Die Pullover standen Vinjay nicht wirklich, war sein Cousin doch einen Kopf kleiner als er. Aber Hauptsache, warm. Dazu bekam er noch einen Tipp, der Vinjay deutlich besser passte: In dem Restaurant, in dem der Cousin als Pizzabäcker arbeitete, war am Abend vorher der Spüler gegangen. Vinjay könnte sofort anfangen, wenn er wollte.

Spüler im kalten Hamburg, ging es ihm durch den Kopf, genauso hatte ich mir mein neues Leben vorgestellt. Er lächelte seinen Cousin an und nickte. Möge das neue Leben beginnen.

So kam es, dass Vinjay im letzten Jahr der D-Mark in der sehr engen Spülküche eines verwinkelten italienischen Restaurants namens Gran Sasso anfing. Essensreste in die Tonne, Geschirr heiß abbrausen und dann rein in die Maschine. Gläser nach dem Spülen ganz sanft abtrocknen und auf Hochglanz polieren, so sahen seine Tage aus. Erst mit der Zeit wurde ihm klar, wo er hier gelandet war. In einem Restaurant in einer Gegend mit schönen alten Häusern und einigen hässlichen neuen, die alle Uni nannten. Viele nette Leute

42

kamen in das Lokal, das kein europäisches oder deutsches Essen verkaufte, sondern Essen aus Italien. Das wäre so, wie wenn man in Indien ein ceylonesisches Lokal besucht hätte. Gesetzt den Fall, man wäre überhaupt auf die Idee gekommen und hätte das Geld gehabt, auswärts essen zu gehen. Vinjay fand die Vorstellung sonderbar, sich für eine andere Küche als seine eigene zu begeistern.

Aber den Menschen schien es zu gefallen. Die oft sehr ernsten Deutschen schienen lockerer und fröhlicher zu werden, sobald sie ein bisschen italienischer Budenzauber passierte. Rotwein aus der Korbflasche, Tomaten, die diesen Namen verdienten, echter Parmesan, dazu Gastfreundschaft, das alles schien etwas mit den Menschen zu machen. Es wurde laut gelacht. Schnell kannte man sich, die Stammgäste begrüßten ihn. Auch Vinjay erkannte einzelne Gäste wieder, wobei diese Kaukasier für ihn alle immer noch sehr gleich aussahen. Eines Abends, als der Laden wieder einmal proppenvoll war, fiel Vinjay etwas auf: Im ganzen Lokal arbeitete kein einziger Italiener. Er fragte seinen Cousin, der gerade zwei Calzone in den Ofen geschoben hatte, ob er das auch schon mal bemerkt hatte. Der schaute sich im Lokal um, da war ein marokkanischer Kellner, eine Tresenkraft aus Syrien, ein türkischer Koch, ein indischer Pizzabäcker und ein indischer Spüler. Er schaute Vinjay überrascht an und man konnte dem Cousin anmerken, dass er darüber noch nie nachgedacht hatte. Aber auch nicht vorhatte sich damit weiter zu beschäftigten. Hauptsache, den Leuten schmeckts.

Ist das nicht ein wenig sonderbar, dachte Vinjay, Menschen von irgendwo auf der Welt kochen in einer engen Küche italienisches Essen und alle haben dadurch bessere Laune. Die trockenen spaßbefreiten Hamburger verlassen nach ein paar Nudeln zufrieden lachend das Lokal. Woran liegt das, fing Vinjay sich an zu fragen. Steckt in diesen De-Cecco-Hartweizengrießnudeln irgendetwas, das Menschen glücklich macht? Er bekam es nicht heraus. Auch in den nächsten 30 Jahren nicht, in denen er vom Spüler zum Senior Chef des Gran Sasso jeden Job machte, den ein Restaurant zu bieten hatte. Aber es störte ihn auch nicht weiter, das Geheimnis der italienischen Küche nicht lüften zu können. Solange der Trick jeden Tag aufs Neue funktioniert, mochte er sich nicht beklagen.

Jetzt bückt er sich noch ein bisschen und schreibt die Tages-Dolci auf die Schiefertafel: frische Feigen mit Zabaione.

Buon Appetito.

400 Watt zu wenig

Ich sitze an meinem Schreibtisch und schaue aus dem Fenster. Von draußen kommt ein lautes „Scheiße!" Dann ein bisschen leiser: Das kann doch nicht wahr sein. Dann noch ein wenig leiser: Nicht schon wieder. Dann eine andere Stimme: Papa, was hast du?

Vor der Tür parkt eines dieser dreirädrigen Lastenräder. Vorn zwei Räder, dazwischen ein großer Korb mit TÜV-zertifiziertem Platz für Kinder. Das Ganze kommt einem deutlich größer vor als eine italienische Ape. Und die verkauft wenigstens Eis, Hotdogs oder Espresso. Diese Lastenfahrräder haben sich in den letzten Jahren wie die Kaninchen verbreitet. Vor fast jedem Hauseingang steht so ein sperriges Trumm und macht das Betreten vieler Häuser zu einem herausfordernden Durchschlängeln.

Natürlich sind diese Fahrräder ganz toll. Sie machen den Kindertransport zu einem großen Spaß. Sie ersparen einem das Auto, wenn man beim Getränkemarkt Wasserkisten kauft, weil man dem Leitungswasser aus den Altbau- Bleileitungen misstraut. Und sie geben den Besitzern das Gefühl, richtig was für den Erhalt des Planeten zu tun. Fahrrad for Future!

46

Das erlaubt es einem natürlich, sich ein wenig breit zu machen. Breit bedeutet allerdings auch schwer und schwer treten, das mag niemand. Was wiederum zur Folge hat, dass fast alle Lastenfahrräder einen zusätzlichen Elektroantrieb haben.

So surren die Dreiräder durch die Straßen untermalt von fröhlichem Kindergekreisch oder rhythmischen Klappern der leeren oder vollen Wasserflaschen. Am Ende eines langen Tages wird das Fahrrad vor der Tür geparkt, ordentlich festgeschlossen und alles Geraffel, was sich so in dem Cargo-Bottich angesammelt hat, wird in die Wohnung geschleppt. Leider ist bei zwei Kindern und mindestens drei Einkaufstüten ganz selten eine Hand frei für den Akku. Ja genau, der kleine schwarze Kasten, der am Rahmen oder unter dem Gepäckträger montiert ist und dessen Strom einen sogar die für Hamburger Verhältnisse anspruchsvolle Steigung der Hochallee (von Norden nach Süden) ganz einfach meistern lässt. So bleiben viele dieser Akkus über Nacht allein und schutzlos auf der Straße. Akkus, die bis zu 800 Euro kosten, Akkus, die gern mit ein paar Handgriffen vom Fahrrad entfernt werden. Akkus die bei eBay Kleinanzeigen oder auf ähnlichen Portalen noch einen ordentlichen Preis erzielen, vom Schwarzmarkt ganz zu schweigen.

In den 1990ern gab es ein ähnliches Phänomen mit Autoradios. Damals, zu den Hochzeiten von Kenwood, Blaupunkt und Co, wurden die hochwertigen Geräte, manche sogar schon mit CD-Laufwerk am laufenden Band aus den Golf 2s, den Kadetts oder Fiat Unos der Heranwachsenden geklaut. Bis jemand Findiges auf das Quick-out kam. Im Prinzip ein Radio zum Herausziehen, das man an einer Art Handtaschengriff mit sich herumtragen konnte. Immerhin ist man dann sicher, dass es nicht geklaut wird, außer man lässt es unterwegs irgendwo liegen. Oder noch schlimmer, man versteckt das gequickoutete Radio unter dem Vordersitz, wo der erfahrene Autoradiodieb natürlich als erstes schaut.

Sollte es Quick-outs jetzt auch für Akkus geben, denkt der Mann, der mit seinen zwei kleinen Kindern vor dem Fahrrad mit der offenen Akkuwunde steht. Oder wäre es einfacher, in Zukunft Menschen so zu optimieren, dass sie einen dritten Arm haben. Den Akkuarm, der dank seiner biologisch magnetischen Grundcodierung Akkus ganz automatisch an sich haften lässt. Solche Gedankenspielchen können den Mann nicht davon ablenken, dass er sich über sich selbst ärgern muss. Gestern Abend hatte er noch an den blöden Akku im Fahrrad gedacht. Es war ihm wieder eingefallen, dass erst vor drei Wochen der letzte Akku vor der Tür verschwunden war. Und dass es danach so wahnsinnig anstrengend war, das Fahrrad mit den zwei Jungs akkulos durch Hamburg zu bewegen. Er wollte noch runtergehen, um den Akku reinzuholen und ihn aufzuladen im Warmen. Aber dann war er einfach schon zu stark im Jogginghosen-Modus. Fauler Sack!, musste er sich zähneknirschend eingestehen. Höchste Zeit, dass die Kinder ihre eigenen Fahrräder kriegen und wir diesen Brocken von Fahrrad an die nächste Generation Jungfamilie verkaufen können. Dann schaut er seine beiden noch sehr jungen Kinder an und verwirft den verfrühten Abschiedsgedanken an das Monster-Dreirad. Also wieder die Versicherung anrufen, deren Nummer schon einen Platz unter den Favoriten in seinem Telefon verdient hätte. Wieder alle notwendigen Fragen des sehr peniblen Sachbearbeiters beantworten. Und am schlimmsten, wieder endlos warten, bis der neue Akku da ist. Vielleicht sollte er einfach gleich zwei bestellen. Oder mal bei den Kleinanzeigenseiten schauen, ob er nicht seinen Akku auf direktem Weg wiederbekommt.

Plötzlich verstummen seine ewig brabbelnden Jungs. Er schaut sie verwundert an, denn Stille ist etwas, was er von den beiden überhaupt nicht kennt. Jetzt bemerkt er, dass die beiden einem Mann auf dem Bürgersteig hinterherschauen. Nein, er trägt keinen Akku an einem Bügel durch die Gegend. Er trägt keine Schuhe, sondern läuft ganz selbstverständlich barfuß über den kalten Stein.

Die Jungs schauen ihm fasziniert hinterher. Der Größere fängt spontan an, sich seine Schuhe auszuziehen, sein kleiner Bruder macht's ihm nach. Der Vater ist auch ganz fasziniert von dem Barfuß-Mann und fragt sich für einen kurzen Moment, ob ein Leben ohne Akku denkbar wäre. Der Gedanke fühlt sich angenehmer an als der davor, wo er sich noch einen dritten magnetischen Arm gewünscht hat.

Muss man noch mal im Jogginghosen-Modus reflektieren, beschließt er. Dann vergurtet er die Jungs im Passagierraum, schwingt sich auf den Sattel und rollt mühsam mit Muskelkraft in den Tag.

Ohne Filter

Ich sitze an meinem Schreibtisch und schaue aus dem Fenster. Von unten steigen nebeneinander zwei feine Rauchwölkchen auf. Vor dem Haus stehen zwei Männer und rauchen. Die erste Runde Kippen haben sie schon durchgezogen. Lässig werden die brennenden Stummel in die Parkbucht geschnippt und landen auf dem Haufen der vielen anderen ausgerauchten Zigaretten. Nicht lange fackeln, gleich die nächste anzünden, so eine Raucherpause muss effektiv genutzt werden.

Beide Männer stehen vor dem Haus in dunkelblauen Anzughosen und Businesshemden, eins blau, eins weiß. Einer trägt Krawatte, der andere nicht. Zwei Geschäftsmänner, Bürohelden bei ihrer wohlverdienten kurzen Pause. Sie treten vom einen Bein aufs andere, scheint ein bisschen kalt zu sein, nur im Hemd im Herbst. Oder gibt es da immer noch den Glauben, dass so eine gute Zigarette von Innen wärmt? Irgendwie erkennt man auf den ersten Blick, was die beiden beruflich machen. Typische Makler, die sich um das Verkaufen und Vermieten von Wohnraum kümmern. Nicht unbedingt die beliebteste Spezies unter den Zeitgenossen, denn sie verfügen über etwas, das vielen Menschen fehlt. Und sie kontrollieren den Zugriff auf Immobilien nach für Außenstehende nicht immer ganz nachvollziehbaren Kriterien. Dieser mickrige

Popularitätswert scheint den beiden aber nicht viel auszumachen. Sie lachen viel, während sie frierend von einem Bein aufs andere umsteigen. Sie lachen auch sonst viel, denn das Leben eines Maklers ist in diesem absoluten Angebotsmarkt wirklich sehr angenehm. Hat man eine Wohnung zu vergeben, muss man nur ganz wenig machen: leere Wohnung aufsperren, ein paar nette Menschen aus der eigenen Kartei durch die Räume lotsen, mit dem Verkäufer die Idealbesetzung aussuchen. Dann noch schnell zum Notar und schon wandern 6,5 % aufs Maklerkonto. Das lohnt sich. Das würde sich noch mehr lohnen, wenn es mehr Wohnungen gäbe. Nachdenklich schaut Makler 1, das ist der Ältere von den beiden, an der Hausfassade des großen, weißen Gebäudes hoch, in dem auch die Maklerei sitzt. Wenn es schon nicht mehr Wohnungen gibt, müsste man halt die paar, die es auf dem Markt so gibt, öfters verkaufen.

Das lässt ihn an einen Fall denken, der eigentlich zu schön war, um wahr zu sein. Ein 6er im Lotto. Dieselbe Wohnung in 7 Jahren gleich drei Mal verkaufen. Es kam noch besser. Sie lag im gleichen Haus wie das Maklerbüro. Zu den Besichtigungen einfach nur ein paar Treppen runter, wie cool ist das denn. Makeln mit Heimvorteil.

Zwischendurch haben sie bei ihm schon im Büro gewitzelt, ob auf der Wohnung irgendein Fluch liegt oder sonst irgendwas das Karma stört. Wasseradern können es im ersten Stock ja schlecht gewesen sein, haben sie gescherzt. Aber drei Parteien, die sich innerhalb von so kurzer Zeit die Klinke in die Hand geben, das hat er noch nicht erlebt.

Bedauerlicherweise tut sich jetzt in der Wohnung nichts Auffälliges mehr. Die neue Familie macht keine Anstalten auszuziehen. Alles wirkt harmonisch, keine Verkaufsgedanken in Sicht. Vielleicht können wir ja ein wenig nachhelfen, denkt Makler 1. Vier Verkäufe in 10 Jahren das wäre noch besser als drei in 7. Er zündet sich ausnahmsweise noch eine dritte Zigarette an und stellt sich unter eines der Fenster von eben dieser Wohnung. Er pustet den Rauch der Marlboro mit der ganzen Kraft seiner geschwächten Lungen nach oben und hofft, dass seine Schwaden das Leben der Bewohner stören. Sein Kollege, Makler 2, schaut ihn verwundert an. Zum einen über die Tatsache, dass sein Kollege trotz der Kälte jetzt schon bei Zigarette Nummer 3 ist. Und zum anderen wundert er sich doch gewaltig über die sonderbare Art zu rauchen.

In diesem Augenblick kommt ein kleines Mädchen angeradelt. Sie ist ungefähr elf, hat einen großen Rucksack in ihrem Fahrradkorb, Schule ist aus. Sie schließt ihr Fahrrad an einem der Metallbügel

54

fest, die den Bürgersteig von den Parkbuchten abtrennen, und mustert die beiden Männer.

Schon lange stört sie sich über die Zigarettenstummel, die hier überall herumliegen. Manchmal landet sogar einer in ihrem Fahrradkorb und es kostet sie viel Überwindung diese versifften Filter aus ihrem Korb befördern. Filter nerven sie so, dass sie angefangen hat zu recherchieren. Sie hat im Internet nachgelesen und herausgefunden, dass es etwa 10 bis 15 Jahre dauert, bis ein Filter auf natürlichem Weg verrottet. Jetzt nimmt sie all ihren Mut zusammen und spricht Makler 1 und Makler 2 an. Sie sagt mit der selbstbewusstesten Version ihrer Stimme: Wussten Sie eigentlich, dass Filter 10-15 Jahre brauchen, bis sie hier in der Natur verrotten? Wenn Sie schon rauchen, dann schmeißen Sie wenigstens die Filter nicht weg. Ok? Die Männer, die das Mädchen natürlich vom Sehen kennen, schauen sich verwundert an. Als besonders vorlaut war ihnen dieses Mädchen bisher nicht aufgefallen, wenn man sich im Treppenhaus über den Weg lief. Und jetzt das, sich maßregeln lassen, von einer Schülerin mit pinkem Fahrradhelm.

Die Makler winden sich. Sie wenden ein, dass das ja gar nicht alles ihre Filter seien. Außerdem käme die Stadtreinigung doch regelmäßig und die müssten schließlich auch was zu tun haben. Darauf schaut sie das Mädchen nur verwundert an: Klar, Sie wohnen ja auch nicht hier. Makler 2 schüttelt ertappt mit dem Kopf. Das Mädchen dreht sich schnell von den beiden weg, denn sie kann ihr breites Grinsen nicht mehr unterdrücken. Zufrieden verschwindet sie im Haus. Makler 1 drückt verstohlen seine dritte Zigarette an der Schuhsohle aus und lässt sie in seiner Hosentasche verschwinden.

Vom Himmel hoch

Ich sitze an meinem Schreibtisch und schaue aus dem Fenster. Auf einmal verdunkelt sich der Himmel. Nicht so ein paar dunklen Wolken vor der Sonne, einer dieser Wetterumschwünge, wie man sie in Hamburg kennt. Nein, diese Verdunklung ist anders. Umfassender. Bedrohlicher. Es scheint, als käme Bewegung in den ganzen Himmel, als würde er sich in einzelne Teile aufstückeln und auseinanderdriften. Nur um sich dann wieder neu zusammenzufügen. Schnell wird klar, es ist nicht das Wetter, das sich hier so sonderbar verhält. Sondern eine Wolke der ganz anderen Art. Eine Wolke schwarzer Krähen, die sich alle zeitgleich aus der Linde vor dem Fenster aufmachen, laut krächzend Kreise ziehen und Formationen fliegen, auf der Suche nach dem nächsten Platz zum Landen. Und idealerweise zum auf ein paar Autodächer kacken.

Gefühlt 500 Krähen starten gleichzeitig. Schwer zu sagen, wie viele es genau sind, Krähen halten ja beim Durchzählen nicht so lange still. Aber es wirkt locker wie die Hälfte von 1000. Eine große Menge sehr schlauer, sehr schwarzer Wesen geht in die Luft, bringt den Baum, auf dem sie sich gerade noch unterhalten hat, zum Erzittern und ist unterwegs zum nächsten Beuteplatz. Oder vielleicht auch nur, um ein paar blöde Stadttauben aufzumischen. Die sind ja so schön langsam und reagieren schon beim kleinsten Anflug panischer als aufgeschreckte Hühner. Aber nichts überstürzen. Jetzt erst noch ein bisschen Entertainment. Flugshow-Time! Laut krächzend fliegt eine Vogelformation von etwa 40 Krähen eine weite Linkskurve mit etwa 25 Grad Anstiegswinkel. Eine andere Gruppe von Krähen macht mit der gleichen Lautstärke ein Flugmanöver in die entgegengesetzte Richtung. Nachdem beide etwa 180 Grad geflogen sind, müssten sie eigentlich aufeinanderstoßen, was aber die Linksfliegerkrähen elegant zu vermeiden wissen. Sie steigen einfach noch ein bisschen höher in den Himmel hinauf und lassen die Rechtsfliegerkrähen unter sich durchsausen. Es ist quasi selbstverständlich, dass all diese Manöver mit identischem Abstand und nahezu gleichen Flügelbewegungen stattfindet.

Synchronschwimmen mit 40 Teilnehmern, wenn es das als Mannschaftssportart gäbe, würde es nicht ansatzweise so harmonisch, fließend und aufeinander eingespielt aussehen wie die tägliche Flugshow draußen vor dem Fenster. Woher können Krähen das? Gibt es irgendwo, wo kein Mensch hinkommt, eine spezielle Krähen-Flugschule, an der in verschiedenen Kursen und Levels, Formationsfliegen den richtigen Abstand zu halten und elegant zu landen geübt wird. Wie kommunizieren die Vögel? Ist das Krächzen eine Sprache? Gibt es gekrächzte Flugsignale ähnlich dem Morsealphabet. Also einmal kurz gekrächzt heißt links fliegen. Zweimal kurz heißt rechts. Kurz lang bedeutet steigen usw. Allein die Vorstellung, dass eine der 500 Krähen eine Rechts-Links-Schwäche hätte, würde zu schönen Bildern für eine Pleiten-Pech-und-Pannen-Show führen. Aber nichts davon.

Den Krähen gefällt´s hier so mitten in der Stadt. Viel Platz, tolle Bäume, die mit genug Abstand voneinander an den Straßenrändern stehen, dass sie sich sehr bequem anfliegen lassen. Die Menschen haben auch was Gutes zu dem Lieblingsort der Krähen beigetragen: sehr schöne hohe Häuser mit Flachdächern und perfekten Kanten zum Draufsitzen und Beobachten der Umgebung. Aber es kommt noch besser: Es gibt hier Nahrung, wo man nur hinschaut. Überall halb aufgegessene Döner in Alufolie, Brötchenreste in Tüten oder ein paar einsame Pommes in einer Schale.

Es lohnt sich, jeden Papierkorb anzufliegen, denn er ist wie eine Wundertüte. Nur diese schwarzen Plastikbeutel, die immer auch ganz besonders gut zugeknotet sind, bergen, wenn man sie dann mit dem Schnabel und den Krallen aufgerissen hat, innen immer eine übel riechende Enttäuschung. Aber das ist noch nicht alles, was für diesen Ort spricht. Die natürlichen Feinde, die es in die Stadt geschafft haben, vielleicht ein Marder oder ein paar migrierte Füchse, bleiben mehr oder weniger am

Boden kleben. Von den mühsamen Versuchen, einen Baumstamm hochzuklettern, mal abgesehen. Wenn die Krähen auf den Dächern sitzen, lachen sie über ihre Gegner. Also eigentlich immer. Wäre da nicht der Mensch. Der macht den Krähen manchmal zu schaffen. Allein diese Autos, die sie benutzen. Mal stehen sie rum, dann fahren sie plötzlich blitzschnell los. Und manchmal fahren sie sogar rückwärts. Diese rollenden Geschosse haben das ein oder andere Krähenleben leider jäh zu Ende gehen lassen. Aber es ist besser geworden. Die Krähen haben dazugelernt. Sie haben begriffen, dass diese rot-gelb-grünen Lampen, für die die Menschen extra die Buchstaben einmal neu durcheinandergemischt haben und sie Ampeln nennen, etwas mit der Bewegung der Autos zu tun haben. Vor Rot scheinen die Autos Angst zu haben, da bleiben sie stehen und bewegen sich kein bisschen vorwärts. Ändert sich die Farbe, muss man als Krähe zusehen, dass man sich schnell in die Lüfte schwingt.

Kinder sind aber eigentlich noch schlimmer als die Autos dieser Menschen. Im Gegensatz zu den ausgewachsenen Exemplaren, die sich nicht sonderlich für Krähen interessieren, gibt es viele Kinder, die die Vögel sehr interessant finden. Ein paar haben natürlich auch panische Angst vor ihnen und können es – was ihr Verhalten angeht – fast mit den Flugratten aufnehmen. Die anderen furchtlosen Kleinen können aber ganz schön unangenehm werden. Sie kommen ohne Angst ganz nah an die Krähen ran. Meistens in

Momenten, in denen die Krähen Wichtiges zu tun haben wie Dönerfleisch aus Styroporverpackung pulen und natürlich überhaupt nicht wegfliegen wollen. Dann kommen diese kleinen Wesen angeschlichen und wollen einen am liebsten anfassen. Andere Kinder haben es nicht so mit dem Anfassen, dafür mit den Steinen. Sie finden es irre komisch, mit Kieseln nach den Krähen zu werfen. Jeder Treffer wird bejubelt. Von Autos und Kindern abgesehen, finden die Krähen das Leben in der Stadt wirklich großartig. Und das hat sich rumgesprochen. Immer mehr Landkrähen kommen in die Stadt. Sie geben ihr altes Feld-Wald-und-Wiesen-Leben auf für ein Leben auf Briefkästen, Parkscheinautomaten und Außenspiegeln.

Dass immer mehr Krähen in die Stadt kommen, scheint die schon hier lebenden Exemplare nicht weiter zu stören. Solange es genug Fressen gibt, hackt keine Krähe einer anderen ein Auge aus. Und eine Flugshow mit 500 schwarzen Kollegen macht einfach viel mehr Spaß als eine mit 300. More crows welcome!

Juice

Ich sitze an meinem Schreibtisch und schaue aus dem Fenster. Heute schon sehr früh am Morgen. Es ist noch dunkel draußen, die Stadt schläft noch. Kaum Geräusche dringen durchs Fenster, keine Autos unterwegs. Selbst die Krähen schlafen noch auf Zweigen und Hochhausdächern und lachen im Traum über Füchse, die es nicht schaffen, die Bäume hochzuklettern. Ein großer weißer Kastenwagen kommt viel zu schnell die Straße entlanggefahren. Der Diesel stößt ordentlich Rußwolken aus, die von den roten Rücklichtern fast mystisch ausgeleuchtet werden. Der Transporter hält mitten auf der Straße mit laufendem Motor. Zu den roten Rücklichtern kommt jetzt noch das Blinken der orangen Warnblinkanlage.

Die Fahrertür öffnet sich. Aus dem inneren kommen Beats, die die Billigboxen des Transporters scheppern lassen. Die ganzen Lichter des Sprinters könnten schon fast als Lichtorgel durchgehen. Smurf – eigentlich Steven Murchowski, aber so kennen ihn nur seine Eltern – steigt gähnend aus dem Transporter. Er ist vielleicht 20 Jahre alt, trägt leuchtend neue Nike Airforce Blueprint, Sonderedition, sehr enge Jeans, in der er sich kaum bewegen kann, viel zu großen Hoodie, Bomberjacke, Haare bis über die Ohren

64

3mm kurz rasiert. Was man halt so anhat, wenn man morgens um 6.00 vom Ausgehen zurückkommt. Oder auf Arbeit ist. Oder halt beides nacheinander, wie in seinem Fall. Gerade noch auf der Rolle, jetzt schon auf Achse. So gefällt ihm das Leben. Schlafen ist überbewertet. Mit den richtigen Mitteln hat er es schon mal eine ganze Woche ohne Kopfkissen geschafft.

Heute oder besser gesagt gestern Abend wollte er eigentlich gar nicht so lange. Kurz mal los und ein bisschen vor irgendwelchen Läden rumstehen, drinnen ist ja wegen dem ganzen Pandemie-Kram gerade nicht so. Wie's halt dann läuft. Erst kam der, dann kamen die, dann ging´s noch dahin, dann auch noch dorthin. Und plötzlich war es vier Uhr morgens und Smurf stand neben einem wummernden Soundsystem irgendwo im Sachsenwald. Ist schon lustig, wo Dich MDMA so alles hinbringen kann. Seine Zunge fuhr noch einmal reflexartig über seine Schneidezähne. Vielleicht hoffte er da noch ein bisschen was von der Droge zu finden oder er hatte einfach zu viele Drogenfilme gesehen und dachte, das gehört auch bei MDMA dazu. Irgendwo in seinem Hinterkopf breitet sich, begleitet von den Bässen, die Frage aus, wie er genau hierhergekommen ist. Dazu nahm eine noch viel wichtigere Frage Gestalt an: Wie kann er es schnell wieder in die Stadt zurückschaffen? Denn um 5.30 Uhr fängt sein Arbeitstag an. Smurf schaut ganz begeistert in den Himmel, wo sich die Worte dieser Frage als leuchtend orange 3D-Buchstaben vor ihm drehten.

Dann schaute er nochmal auf die Uhr. 4.30 – höchste Zeit für den Rückweg. Den großen bunten Buchstaben über ihm geht mit einem lauten Pffffff die Luft aus und sie klappen in sich zusammen.

Jump Senior Logistik Coordinator. Smurf hatte damals den Jobtitel gelesen und war sofort hellauf begeistert. Er konnte sich nichts Genaues darunter vorstellen, es klang aber erst mal nach einer sehr wichtigen Aufgabe und vor allem sah er sich schon seinen Freunden die neuen Visitenkarten mit dem beeindruckenden Titel und einem Lächeln übergeben. Online beworben, telefonisches Vorstellungsgespräch mit jemand sehr Freundlichem aus der Human-Ressources-Abteilung. Was es alles gibt, denkt sich Smurf bei diesem komischen Abteilungsnamen. Haben die dann auch eine für Animal Ressources?. Hehe, muss Smurf lachen. Meistens findet er sich selbst komischer als die anderen, aber das stört ihn nicht weiter. Eigentlich war es nur wichtig, dass er einen Führerschein hat und keine Vorstrafen. Was beides auf ihn zutraf, wobei das mit den Vorstrafen ziemlich knapp war, aber das muss ja keiner wissen. Eine Woche später bekommt er den Vertrag per Post, auf dem immer noch dieser tolle Titel steht: Jump Senior Logistik Coordinator.

Wieder eine Woche später ist eine orange-leuchtfarbige Jacke in der Post und der erste Einsatzplan. Arbeitsstunden montags bis sonntags

66

5.30–8.30. Und 21.00 bis Mitternacht. Jedes zweite Wochenende frei. Aber die Möglichkeit, für Extra-Bonus-Points (Prämie!!!) trotzdem aktiv zu werden. Nicht so human, diese Arbeitszeiten, muss Smurf denken und findet das schon wieder ziemlich komisch, so von wegen Human und Human Resources, verstehste???. O.K., wird schon werden. Lieber zweimal kurz arbeiten als einmal lang, motiviert sich Smurf. Schlaf braucht er ja eh nicht viel. Wenn er das tagsüber erledigt, dann kann er zwischen den Schichten ausgehen und was erleben.

Erster Arbeitstag, sehr früh morgens. Los geht's in Langenhorn auf einem riesigen Betriebshof. Überall Menschen mit neon-orangen Jacken und eine Flotte weißer Transporter. Alle klettern in ihre Fahrerhäuser und strömen in Richtung Stadt. Unterwegs, um den Hamburgern die neue Mobilität zu bringen. Sprich leuchtend orange E-Bikes der Marke Jump, die wirklich halten, was sie versprechen. Sie sind schnell, aber auch nicht zu schnell, wie manche Räder der Konkurrenz. Sie können Sachen transportieren, sie sind sicherer als E-Roller und sie sehen wirklich cool aus, sagt zumindest der Werbeprospekt, der bei Smurf auf dem Beifahrersitz liegt. Er hat jetzt einen Transporter voll frisch mit Juice versorgter E-Bikes und dieselt die in die Innenstadt und Wohnviertel.

Dort stehen die Jump Bikes dann in Vierer- oder Fünfergrüppchen aufgereiht und warten auf Radler. Oder auf Büroarbeiter, die wegen der Pandemie keine Lust auf Bus und U-Bahn haben und sich lieber so ein Fahrrad mieten. Oder auf die paar verbliebenen Touristen, die was Neues ausprobieren wollen. Schnell lernt Smurf, die Morgentouren zu schätzen. Das kriegt man sogar mit Restspuren von MDMA im Blut gewuppt, versichert er sich. Über Nacht haben die Leute im Betriebshof die Transporter mit frischen Rädern gepackt. Er muss die nur an den richtigen Stellen in der Stadt aussetzen und schnell wieder zurückkommen. Viel anstrengender ist die zweite Schicht, von seinen Kollegen verächtlich auch die Schnitzeljagd genannt. Da fährt jeder Fahrer mit seinem Transporter die Straßen ab und sucht mit der Jump-App möglichst schnell möglichst viele rumstehende Fahrräder. Mal stehen sie, wie es sein soll, ordentlich am Straßenrand. Mal muss er sie aus dem Gebüsch ziehen und manchmal sogar aus dem Feenteich. So was macht keinen Spaß, verschlechtert nicht nur seine Laune, sondern auch seine Bezahlung. Denn er wird für den vollen Transporter bezahlt, egal wie lange es dauert.

Hat er genug Räder gefunden, geht´s zurück nach Langenhorn. Die Räder müssen ans Kabel und saugen sich dann in Reih und Glied voll mit köstlichem Ökostrom. Der ist sogar zertifiziert, sagt zumindest die Broschüre. Voll geladen kommen sie wieder in den Diesel und werden wieder in die Stadt kutschiert, als Teil der neuen grünen Mobilität. Das Ganze ein großer Kreislauf und Smurf ein Teil davon. Das macht ihn manchmal ein wenig stolz. Obwohl ihm jetzt gerade einfällt, dass ihm noch niemand seine Jump Senior Logistik Coordinator-Visitenkarten überreicht hat.

Seeds of Love

Ich sitze an meinem Schreibtisch und schaue aus dem Fenster. Eine ältere Dame kommt aus dem Haus zwei links die Straße runter. Sie geht sehr aufrecht und für ihr Alter energisch. Die Haustür fällt hinter ihr ins Schloss und sie läuft mitten in das kleine Beet, das zwischen Bürgersteig und Straße liegt. Um dorthin zu gelangen, muss sie einen niedrigen Holzzaun übersteigen, was ihr trotz ihrer knapp 80 Jahre überhaupt keine Probleme bereitet. Jetzt steht sie da wie der Storch im Salat zwischen einer Vielzahl von Blumen und Kräutern und schaut sich um. Das Beet ist eigentlich eine dieser typischen Erdreich- Inseln, wie sie überall in der Stadt angelegt sind. In der Mitte versucht meist ein trauriger Baum, genügend Wasser und Mineralstoffe aus dem zubetonierten Boden zu ziehen. Sonst werden diese Flächen vor allem von Hunden für alles Mögliche genutzt, was sie zu einer nicht wirklichen Zierde in der Straße macht. Außer natürlich dieses Beet, 100 % hundefrei dank Zaunbarriere. 1000 % schöner als andere Erdreich-Inseln dank Elisabeth.

Die ältere Dame ist schwer bepackt mit allerhand Krams und Gartenwerkzeug. Kleine Schaufel, Harke, Gartenschere im rustikalen Werkzeuggürtel um die Hüfte. Einen Eimer in der Armbeuge, eine Palette mit verschiedenen Topfblumen auf der linken Hand balancierend. Wir können das Etikett einer Sorte namens „Scheinsonnenhut gefüllt gelb" erspähen. Elisabeth hat heute einiges vor. Vorsichtig lädt die Frau ihr ganzes Gerät ab, was gar nicht so einfach ist, denn im Beet gibt es eigentlich keinen freien Platz. Überall wächst, wuchert und blüht es. Elisabeth ist das jetzt auch aufgefallen, sie legt ihr Werkzeug doch besser auf dem Bürgersteig ab. Endlich die Hände frei. Zeit, das Beet zu begutachten. Alles wächst und blüht. 30 verschiedene Pflanzen hat sie hier schon zusammengetragen auf gerade mal 8 Quadratmetern. Kräuter genau wie Frühblüher, Ranken und Staudengewächse. Mit einem leichten Ächzen geht sie in die Hocke und untersucht die vielen Pflanzen, reißt hier und da ein paar welke Triebe ab. Sie richtet manche Blüten zur Sonne hin, entwirrt die kreuz und quer wachsenden Triebe einer Ranke. Auf einmal verändert sich ihre Körperhaltung. Man sieht geradezu ihre Anspannung: Ihre spitze Schaufel bohrt sich gewaltsam in den Boden. Sie hat Giersch geortet. Schreckliches Unkraut, dass sich ausbreitet, sobald man einen Moment das Beet aus den Augen lässt.

Gnadenlos geht sie gegen jede Art von Unkraut vor. Und das nicht nur oberflächlich mit ein bisschen Stiele- und Blätterrupfen. Nein, Unkraut gehört samt Wurzel ausgerissen oder noch besser ausgeschaufelt.

71

Ihre Gnadenlosigkeit gegenüber diesen ungeladenen Gästen macht sich bemerkbar. Kaum ein Eindringling schafft es, die ersten Blätter überhaupt aus der Erde zu strecken. Auch Schnecken und Blattläuse haben keine hohen Überlebenschancen. Elisabeth sieht alles, was ihre kleine Oase stören könnte. Sie ist dabei vollkommen gnadenlos, ein Wesenszug, den sie sonst von sich gar nicht kennt. Weiter geht die Inspektion, ein paar gelbe heruntergefallene Herbstblätter liest sie zwischen den Blüten heraus. Die letzten verblühten Lavendel-Spitzen schneidet sie ab und denkt, dass sie nächstes Jahr unbedingt mal diese Duftkissen ausprobieren muss. Schön sieht's aus. Gerade kommt Vinjay aus seinem Lokal gegenüber und fragt nach ein paar Zweigen Rosmarin, seine wären gerade aus. Aber gerne doch. Elisabeth zieht ihre Gartenschere aus dem Halfter und schneidet ein paar kräftige Triebe ab. Vinjay dankt und verschwindet in der Küche. Elisabeth freut sich schon auf die kleine Portion Rosmarinkartoffeln, die er ihr rausbringen wird.

Wer hätte gedacht, dass ein kleines Fleckchen Erde einem so viel bedeuten kann. Jeden Tag schaut sie hier nach dem rechten. Und das 10 Jahre. Oder sind es 15. Sie weiß es nicht mehr so genau. Die Zeit fließt anders, wenn man alt wird. Ist ja alles nicht mehr so wichtig. Wichtig ist nur, dass sie eines Morgens vor 10 oder 15 Jahren aufgestanden ist und zu sich gesagt hat, jetzt machst du was mit deinem restlichen Leben.

Kannst nicht so vor dich hinleben und über deine Zipperlein klagen, bis du wirklich alt und klapprig bist. Sie war voller Tatendrang, wusste nur überhaupt nicht, was sie damit anfangen sollte. So hoch motiviert kam sie aus dem Haus gelaufen und ihr Blick fiel als erstes auf das Häufchen Erde vor der Tür. Der war ihr vorher nie wirklich aufgefallen. Dass sich darin eine Oase versteckte, erst recht nicht. Bingo, dachte sie. Nahe liegende Dinge sind manchmal nicht verkehrt. Schon ging sie los, kaufte die ersten Pflanzen und startete mit der Verschönerung ihres Lebens.

Wenn sie jetzt morgens aufwacht, dann steckt sie nicht nur voller Tatendrang. Sie hat auch immer einen Plan, was an dem Tag geschehen soll. Natürlich hat jeder Plan mit dem Beet zu tun. Mal ist es nur gießen, wobei das natürlich eine Mordsschlepperei ist. Mal ist Saisonwechsel, einjähriger Kram raus, neue Pflanzen rein. Mal gibt es was zu ernten. Zurzeit allerdings nur Kräuter. Es gab aber Jahre, da wuchsen so viele Tomaten an den Sträuchern, dass sie Stützzweige in den Boden rammen musste. In einem Jahr hatte sie zum Spaß ein paar Bohnenkerne in den Boden gedrückt. Wenig später haben sich die Bohnen den Baum hochgeschlängelt und ihm zum einzigen Mal einen begrünten Stamm beschert. Nur die Ernte der Bohnen war schwierig, denn die Leiter, die man dazu brauchte, wollte in dem erdigen Boden einfach nicht gut stehen. Heute steht das Projekt Bienenköder auf dem Programm. Elisabeth hat sich schlau gemacht und herausgefunden, dass die richtige Zusammenstellung von Pflanzen hilft, Bienen anzulocken. Vielleicht ist der Herbst dazu nicht die beste Jahreszeit, aber was man hat, das hat man, denkt sie. Deshalb sucht sie jetzt nach Lücken, um noch ein paar rote Kokardenblumen, Bärenfell-Schwingel – wer denkt sich eigentlich diese Namen aus, fragt sich Elisabeth –, einige Kissen-Astern und Storchenschnabel zu pflanzen. Alles ist vorbereitet für Maja und Willy. Ein paar Jahre hatte sie Unterstützung im Beet. In ihrem Haus gab es eine junge Familie, die genauso viel Begeisterung für die öffentliche Grünfläche hatte wie sie. Die beiden kleinen Kinder harkten und hackten voller Begeisterung. Manchmal schnitten sie dabei die Hälfte aller Blüten ab, um Mami mit einem schönen Strauß zu überraschen. Der Vater schleppte säckeweise Blumenerde mit Extramineralien heran, wovon der Boden des Beets heute noch zehrt. Die Mutter überraschte sie manchmal mit originellen Pflanzen und Kräutern. So pflanzten sie Rucola, was aus Elisabeths Sicht eher ein Unkraut war, aber wie sie zugeben musste, wirklich gut und würzig schmeckte. Als die Kinder größer wurden, ließ die Begeisterung der Familie schnell nach. Wenn sie Elisabeth jetzt im Beet werkeln sehen, grüßen sie freundlich und gehen dann schnell weiter.

Elisabeth stört das überhaupt nicht. Sie hat ja schon so viel erlebt und beobachtet, während sie hier im Beet saß. Das ist besser als Fernsehen und man wird noch belohnt mit Blumen, bunter als das Testbild.

74

Da hört sie, wie jemand ihren Namen ruft. Vinjay ist aus dem Restaurant zurück mit einem Teller Rosmarinkartoffeln. Sie ist ganz überrascht, wie viel Zeit vergangen ist. Ihr kommt es so vor, als hätte sie den Rosmarin gerade erst abgeschnitten.

Dröhnen im Kopf

Ich sitze an meinem Schreibtisch und schaue aus dem Fenster. In die Stille der schlafenden Straße kommt ein laut dröhnendes Auto gefahren. Entweder hat es einen kaputten Auspuff oder genau dieser Sound, dieses sehr männliche Röhren, ist vom Fahrer gewollt. Das Auto stoppt und parkt mit einem weiteren kurzen Aufdröhnen rückwärts in eine der Parklücken. Der Motor stirbt ab. Stille. Endlich wieder absolute Stille. Keine Fahrertür wird geöffnet und zugeschlagen. Kein Piepen der Zentralverriegelung, um das geparkte Auto abzuschließen.

Einfach nur Stille. Abwartende Stille.

Der Fahrer, Robert, ist in seinem Auto sitzen geblieben. Er sieht jung aus in dem bisschen Licht, das die Straßenlaterne ins Innere des Autos leuchtet. Ein paar zaghafte Barthaare versuchen eine ordentliche Gesichtsbehaarung zu formen. Vergeblich. Dunkler Hoodie, enge, dunkle Jogginghose, schwarze Sneaker, als wolle er den Beweis antreten, dass lässig und bequem kleidungstechnisch doch zusammengehen. Robert rutscht ein bisschen auf dem Sitz hin und her, löst den Anschnallgurt, der sich automatisch aufrollt. Er macht es sich bequem in seinem Golf 4 aus den späten 1990ern. Scheint hier ein Weilchen bleiben

76

zu wollen. Abwartend schaut er durch die Windschutzscheibe, die langsam beschlägt. Vor ihm die leere Straße, auf der sich absolut nichts tut. Totale Funkstille. Er fixiert sehr genau eine Stelle der Straße. Eine bestimmte Haustür.

Aber nichts passiert.

Dann geht im Treppenhaus das Licht an. Wenig später öffnet sich die Haustür. Ein junges Mädchen mit dunklem Parka, der fast ihr ganzes Gesicht verdeckt, tritt vor die Tür. Im Licht der Außenbeleuchtung erkennen wir, dass Jana außerdem einen karierten Schlafanzug und Fellpuschen trägt. Sie scheint direkt aus dem Bett zu kommen. Schlafwandelt sie? Wird sie jetzt mit weit geöffneten Augen zur gegenüberliegenden Unibibliothek wandeln und versuchen, Sekundärliteratur auszuleihen für ihr Deutschreferat zu „Draußen vor der Tür" von Wolfgang Borchert, das ihr so viel Kopfzerbrechen bedeutet? Oder wandelt sie die Straße runter zu „Unser Markt", um eine Packung Toffifee zu kaufen, von denen sie in der letzten Zeit gar nicht genug bekommen kann? Nein. Sie ist wach. Sie streckt sich kurz, reibt sich die noch verschlafenen Augen und läuft über die Straße, direkt zu Roberts geparktem Wagen. Ohne lange zu zögern, öffnet sie die Beifahrertür und setzt sich hinein. Sie schließt die Tür möglichst leise, das Licht im Innenraum erlischt. Die beiden sitzen nebeneinander. Endlich mal wieder. Er beugt sich zu ihr und küsst sie. Küssen hilft, die Stille zu füllen, denkt er. Küssen geht einfacher, als die richtigen Worten zu finden. Alles fing so schön an. Jana und Robert kennen sich eigentlich schon immer. Ihre Eltern, besser gesagt ihre Mütter, freundeten sich im gemeinsamen Krankenhauszimmer an, als sie die beiden Kinder zur Welt brachten. Jana ist genau drei Stunden älter als Robert, was sie Zeit ihres gemeinsamen Lebens immer wieder als letztes Argument genutzt hat, wenn ihr bei Diskussionen nichts anders mehr eingefallen ist.

Klar kann man den Sand aus der Sandkiste essen, bin die Ältere.

Halt die Klappe, ich bin die Ältere.

Ich weiß Bescheid, bin älter.

Oder als sie älter waren: Vertrau mir, ich weiß, was für uns beide gut ist, ich bin älter.

Sie verbrachten quasi ihre ganze Kindheit miteinander. Buddeln im Park, gleicher Kindergarten, Laufradfahren lernen, erste Zahnlücke (Robert war schneller), erster gebrochener Arm (der Punkt geht an Jana). Irgendwann waren Jana Ponys wichtiger und Robert Fußball. Aber das hat nicht dazu geführt, dass sie sich komplett aus den Augen verloren. Selbst auf dem Schulhof des Gymnasiums, das sie beide in unterschiedlichen Klassen besuchten, waren sie oft die einzige Jungs-Mädchen-Insel, die lachend zusammenstand und wo einer den anderen hochnahm. Eines Abends kam Jana nach

78

Hause und sie merkte sofort: Irgendwas stimmt nicht. Es war anders, verglichen mit den vielen Abenden, wo alle langsam zu Hause eintrudeln und den Tag ausklingen ließen. Ihre beiden Eltern saßen an dem großen Esstisch in der Wohnküche und schauten sehr ernst. Obwohl es erst kurz nach 6 war, hatten sie Weingläser vor sich und die Flasche war fast ausgetrunken.

Was gibt's denn zu feiern? fragte Jana, obwohl sie stimmungsmäßig schon spürte, dass nichts Feierliches der Grund fürs Weintrinken war. Setz dich, sagte ihr Vater, wir müssen was besprechen. Es geht um Robert und um seine Eltern. Jana lässt ihren Rucksack und ihre Jacke auf den Küchenboden fallen. Ihr Vater quittiert das mit einem angestrengten Blick, denn dieses Alles-einfach-Fallenlassen kann er überhaupt nicht ertragen. Die Lage mit Robert und seinen Eltern scheint aber wirklich ernst zu sein, denn er verkneift sich einen Spruch. Jana nimmt sich einen Stuhl und setzt sich zu ihren Eltern an den Tisch. Die Mutter bietet ihr ein Glas Wein an, Jana lehnt ab.

Ohne viel zu sagen, schiebt ihr Vater ihr einen Stapel ausgedruckter Postings und anderer Internetbeiträge aus Foren oder Communities rüber. Ihre Eltern können dem Reflex, das Internet auszudrucken, einfach nicht widerstehen, denkt Jana. Sie überfliegt die Artikel, Beiträge und

Nachrichten. Da stehen sonderbare Schlagzeilen wie „Die Elite, die das Blut von Kindern trinkt", „Eingesperrt direkt unterm Central Park", „Bill Gates, der Virus- Züchter, „Glaubt nicht den bürgerlichen Medien", „Wir leben in der Merkel-Diktatur", „Jetzt ist Zeit für Widerstand", „Heute noch Reichsbürger werden", „Hilfe für Attila". Jana wird es schummrig. Allerdings nicht so sehr wegen der vielen sonderbaren Texte, über die sie an diesem Tisch schon so oft gelacht haben und sich mit großem Vergnügen ausgemalt haben, wie man wohl drauf sein muss, um so einen Quatsch zu glauben.

Ihr wird schummrig, denn all diese Botschaften scheinen von ihrem Freund Robert oder seinem Vater Steffen zu kommen. Auf jeder Nachricht ist ein Foto der beiden zu erkennen. Jana fängt an, genauer zu lesen. Plötzlich sieht sie Robert in einem ganz anderen Licht. Er leitet Foren und lässt in den Diskussionen unglaublichen Quatsch von sich. Robert hat eine erschreckend große Telegram-Gruppe, er teilt Fotos, auf denen er mit einem großen Q posiert, er ist stolz, dabei gewesen zu sein, als bei einer Demo der Berliner Reichstag von besorgten Bürgern gestürmt wurde. Jana schaut ihre Eltern entsetzt an. Sie kann nicht wirklich glauben, was da vor ihr liegt. Auf den Schreck gießt sie sich doch erstmal einen Schluck Wein ein. Was macht Robert da? Ihr Robert, mit dem sie nach ewiger Freundschaft vor einem halben Jahr zusammengekommen war. Irgendwann hatten sie beide gemerkt, dass mehr zwischen ihnen war als nur diese tiefe Vertrautheit und das ewig lange Kennen. Ihr blöder Vater hat ihr dazu so ein altes Lied von Klaus Lage vorgespielt – tausend mal berührt. Was ein schreckliches Lied, aber wer hätte gedacht, dass jemand mit dem Namen Klaus ihr mal aus der Seele spricht. Und irgendwann stand Robert dann abends vor ihrer Tür, hat sie rausgeklingelt und hat sie abgeholt, in das neue gemeinsame Leben. In ihre erste Beziehung. So richtig. So fest und vertraut. Keinen anderen Menschen kennt sie so gut oder hat zumindest geglaubt, ihn so gut zu kennen. Jetzt sitzen sie da am Küchentisch. Betretenes Schweigen. Schock in den Gesichtern. Trauer über die nicht nachvollziehbare Veränderung der guten Freunde.

Habt ihr schon mit ihnen darüber gesprochen? fragt Jana ihre Eltern. Die Mutter nickt traurig. Sie sind voll auf dem Aluhut-Trip, sagt sie. Und lassen da auch überhaupt nicht mit sich reden. Jede Form von Diskussion oder der Versuch, sachliche Argumente zu bringen, wird sofort als Manipulation beklagt. Nicht sie sind Teil einer Verschwörung, sondern wir sind Opfer der Lügenpresse. Im letzten Gespräch haben sie zu uns gesagt, dass wir entweder auf ihrer Seite sind oder sonst die gemeinsame Zeit vorbei sei, ergänzt kopfschüttelnd der Vater. Und Robert ist noch schlimmer als seine Eltern. Hast du denn davon nichts mitbekommen, Jana?

Jana weiß nicht, was sie sagen soll. Ihr gegenüber war Robert auch in den letzten Wochen völlig unverändert. Natürlich hatten sie durch Lockdown und Homeschooling nicht mehr so viel Kontakt, aber sie hatte keine Veränderungen an ihm bemerkt. Du kannst ihn nicht mehr sehen, sagt ihr Vater plötzlich. Wer weiß, vielleicht ist er sogar gefährlich, keine Ahnung, wozu der in der Lage ist. Die Mutter schaut betreten weg. Jetzt sagt sie doch was: Wir müssen uns auch von unseren Freunden trennen. Das tut uns auch weh. Aber solche Menschen können und wollen wir nicht um uns haben.

Kannst du das verstehen, Jana?

Verstehen schon, denkt sie. Klar. Aber ihren Freund aufgeben, weil er ein paar komische Postings abgesetzt hat. Nur weil ihre Eltern das wollen, das geht ihr dann doch ein bisschen schnell. Ich muss mal über alles nachdenken, sagt sie, schnappt sich das Weinglas und verschwindet in ihr Zimmer. Rucksack und Jacke bleiben natürlich auf dem Küchenboden liegen, was der Vater mit einem Augenrollen quittiert. Da ist Jana aber schon längst im Flur verschwunden.

Sie schreibt Robert, eine kurze Nachricht: Was ist los mit dir? Warum bist du auf Telegram? Was verheimlichst du mir? Meine Eltern wollen, dass wir uns trennen. Sie halten dich für gefährlich. Muss dich sehen, heute Nacht, wenn alle schlafen. Auf dem Display sieht Jana die drei sich bewegenden Punkte, die anzeigen, dass Robert ihr antwortet. Die Punkte bewege sich und bewegen sich. Es scheint als würde er ewig nachdenken, was er schreiben soll, es wieder verwerfen und neu versuchen. Nach Ewigkeiten kommt nur ein kurzes O. K. Und: Bin halb zwei vor der Tür. Bis dahin sind es noch viele Stunden. Jana weiß nicht, was sie mit der Zeit anfangen soll. Sie weiß nicht mal, was sie denken soll. Oder was sie Robert sagen soll. War sie blind? Oder einfach zu verknallt? Was macht Liebe mit Menschen, fragt sie sich während sie sich die Telegram-App runterlädt, um mal selbst ein wenig zu schauen, was da so los ist.

Nach kurzer Zeit lässt sie ihr Telefon aufs Bett fallen. Was sie da bei Robert und seinen neuen Freunden liest, geht nicht in ihren Kopf. So ein Geraune, so eine Panikmache, so viele Lügen, da lohnt es sich gar nicht mit dem Diskutieren anzufangen. Zwischen dem Robert von heute und dem Robert, den sie liebt, liegen Welten. Ihre Eltern schauen noch mal bei Jana ins Zimmer und sagen ihr gute Nacht. Sie hat sich ihren karierten Lieblingsschlafanzug frisch aus dem Schrank geholt und wärmt sich ihre Füße in den blöden Puscheltier-Pantoffeln. Die ganze Zeit wartet sie auf eine Erkenntnis. Was soll sie jetzt machen? Was fühlt sie? Hat Robert sie mit seinen komischen Theorien betrogen? Ihr Kopf dreht sich, aber eine wirklichen Entschluss kann sie nicht fassen.

Dann ist es halb zwei, sie hat das peinliche Röhren von Roberts Auto gehört, auf das er so stolz war. Jana schleicht sich aus der Wohnung. Auch etwas Neues für sie, denn solche Art von Heimlichtuerei hat es nie gebaucht zwischen ihr und ihren Eltern. Das geht ihr natürlich auch durch den Kopf, als sie sich jetzt zu ihrem DEEP STATE BOYFRIEND aus der Haustür schleicht. Jana setzt sich zu ihm ins Auto. Ihn zu sehen, diese tollen Augen, das macht alles noch viel schwieriger. Wenn sie vorher schon nicht wusste, wie sie sich gegenüber dem Reichsbürger-Robert verhalten soll, macht es seine körperliche Nähe jetzt noch viel komplizierter. Und jetzt küsst er sie auch noch. Ach. Wie vertraut das ist. Wie er sie hält. Wie viel Kraft ihr das gibt. Stopp!, sagt sie sich und wendet sich ab von ihrem Freund. Robert, was machst du? Telegram? Du! Der smarte Alles-Checker, der nie was wirklich ernst genommen hat. Und jetzt schwafelst du über Menschen, die durch 5G und eine Impfung ferngesteuert werden.

Ich glaube, es hackt! Robert schaut betreten zu Boden. All sein Selbstbewusstsein, das er aus seinem neuen Leben gezogen hat, scheint sich in Luft aufgelöst zu haben. Die Anführer-Gene, die ihm seine neuen Freunde bescheinigen, wo sind die jetzt?

Ähhhhh!

Ist erstmal alles, was er rausbekommt. Ich dachte, ich muss was tun. Ich wollte uns aber damit nicht belasten. Ich wusste schon, dass du das doof finden würdest. Und genauso ist es ja auch. Sie

84

schaut ihn fassungslos an. Wie hatte sie das übersehen können. Langsam schüttelt Jana ihren Kopf. Sie öffnet die Beifahrertür und steigt wortlos aus. Jana, bleib hier. Lass uns reden, ruft er ihr hinterher.

Aber Jana geht.

Robert startet den Wagen. Ein letztes Mal das blöde Aufröhren, denkt Jana und schaut dem wegfahrenden Auto hinterher. Bewegungslos steht sie auf der schlafenden Straße. Sie versteht die Welt nicht mehr. Gerade noch glücklich verliebt in einen super Typen, jetzt frisch getrennt von einem Verschwörungsheini. Sie schaut auf den Fernsehturm, der langsam vor sich hin blinkt. Plötzlich nimmt sie jemand von hinten in den Arm und hält sie ganz fest. Jana erschreckt sich riesig und schaut sich ruckartig um. Sie sieht das Gesicht ihres Vaters.

Er hält sie in seinen Armen und lässt sie nicht mehr los. Und ausnahmsweise sagt er mal nichts.

Benebelt

Ich sitze an meinem Schreibtisch und schaue aus dem Fenster. In der direkten Blickachse, ein paar hundert Meter Luftlinie entfernt, steht der Hamburger Fernsehturm. Offiziell heißt er ja Heinrich-Hertz-Turm, benannt nach einem berühmten Physiker. Von den 279,2 Metern ist nur die untere Hälfte zu sehen. Der obere Teil steckt im Nebel und lässt den Turm wie eine Bauruine aussehen. Oder wie ein Photoshop Fail, bei dem auf dem Bildschirm herzlos die obere Hälfte abgetrennt wurde.

Kleine, rote Blinklichter versuchen durch den dichten Nebel hindurchzuleuchten. Seit 2001 ist der Fernsehturm für die Öffentlichkeit geschlossen. Bis dahin gab es dort ein Dreh-Restaurant. Panoramascheiben, Blick in die Ferne, startende und landende Flieger, ein Gewitter über Stade, Schwarzwälder Kirsch und Kännchen für die Großen, Amerikaner und Sinalco für die Kleinen. Ein Besuch im Fernsehturm war der Inbegriff einer glücklichen 1970er-Jahre-Kindheit. Als Ende der 1990er dieses 70er-Jahre-Gefühl nicht mehr so richtig funktionierte, wurde für kurze Zeit sogar eine Bungee-Jumping-Plattform außen an das Panorama-Restaurant drangeschraubt. Wahnsinnige wurden in weiße Anzüge gesteckt und konnten sich von dort aus mitten in den Hamburger Straßenverkehr stürzen.

Jetzt ist der Turm schon seit Ewigkeiten zu. Kein Mensch kommt mehr da oben rauf. Bis auf Martin, den Facility Manager. Was ein bekloppter Titel, früher war ich der Hausmeister, denkt Martin, als er mal wieder im Fahrstuhl nach oben fährt und im Spiegel das Namensschild auf seinem Blaumann liest. Er muss immer noch lachen, wenn er den Titel hört. Genau wie er auch immer noch über seinen Lieblingswitz lachen muss, den er erzählt, seitdem er im Telemichel nach dem Rechten sieht.

„Weißt du, was ich hier für einen Job habe?

Ich habe den höchsten bezahlten Job in Hamburg, hehe!"

Wer hat nicht alles gelacht, wenn er den Witz abließ. Bürgermeister, HSV-Stürmer, Helmut und Loki, Neger-Kalle, das Tutti-Frutti-Ballett und der Balder und natürlich sein Kumpel, der Udo. Das Schöne an ihm, er war mittlerweile so vergesslich oder konnte so schlecht hören, dass er sich den Witz unendlich oft anhörte und jedes Mal wieder lachte, als wäre es das erste Mal. Witzeerzählen ist nicht mehr. Keine Besucher keine Witze, so ist das, denkt Martin. Finito. Feierabend. Ganz allein steht er mitten im leer geräumten Panorama-Restaurant und schaut nach draußen aufs benebelte Hamburg. Riecht immer noch ein bisschen nach Holsten Pils, Salzletten und Ernte 23.

Dreimal die Woche kommt er hier hoch und macht seinen Kontrollgang. Elektrische Anschlüsse checken, Rauchmelder überprüfen, nach dem Rechten sehen, sicherstellen, dass kein Ungeziefer den Weg nach oben geschafft hat. Jetzt erstmal ein Päuschen und ein bisschen aus dem Fenster schauen. Was hatten sie für Spaß hier oben. Martin wird ganz melancholisch. Er erinnert sich, dass er sehr gern die Hausmeister- Spätschicht übernommen hat. Von 15.00 Uhr bis Ende Gelände.

So war er immer vor Ort, wenn es im Panorama-Restaurant gebrannt hat. Und natürlich gab es immer was zu tun für Martin. Mal war was kaputt, mal musste was repariert werden. Oder schnell mal 30 Bier zapfen oder auch nur die Fässer dafür ranschaffen. Aber trotz des ganzen Gerennes blieb genug Zeit für einen Schnack hier oder einen Kurzen da. Wie die Leute hier oben gefeiert haben. Ganz anders als heute. Keine Handys damals, keine Selfieschnuten, keine What's-App-Gruppen Wo seid ihr gerade? Hier ist es so lala. Gehen gleich noch weiter. Damals war niemand auf dem Sprung, damals waren alle nur hier. Auf einem seiner Rundgänge hat Martin in einem Schrank im Restaurant-Büro eine alte Stereoanlage entdeckt.

Ja, ist denn heut schon Weihnachten, fragt er sich und muss an den Kaiser denken, der sicher auch mal hier oben gesessen hat. Heut schon

88

Weihnachten spricht er jetzt vor sich hin und beömmelt sich ein bisschen.

Die Anlage im Schrank ist nichts Besonders, so ein Kompaktgerät von Saba. Aber in dem Doppel-Kassettendeck stecken noch von damals Kassetten. Cool, Fetenhits `82, mein Favorit, die hatte ich doch früher schon. Press Play. Die Boxen sind nicht mehr die besten, aber was soll´s, für ein bisschen Mitwippen reicht`s. Shadow on the Wall oder Forever Young singt er mit bei seiner Kontrollrunde. Martin kennt die Reihenfolge der Songs auswendig und pfeift das nächste Lied schon an, wenn das alte gerade zu Ende geht. Jetzt kommt Rebel Yell von Billy Idol. Und dann Tainted Love von Soft Cell. Arbeiten, wo andere Urlaub machen, denkt Martin zufrieden, wenn er hier oben rumwerkelt. In einer besonders cleveren Eingebung hat er mal versucht, seine Chefs von der Notwendigkeit zu überzeugen, dass er jeden Tag hier oben nach dem Rechten sehen muss. Leider ohne Erfolg. Was soll's, sagt sich Martin, dreimal die Woche Fetenhits ist immer noch ziemlich unschlagbar. Wenn er hier so für sich ist, gibt es nur eine Sache, die ihn stört. Er hat läuten hören, dass sie jetzt bald anfangen wollen, hier oben alles zu sanieren. Dem Panorama-Restaurant soll wieder Leben eingehaucht werden. Der ganze alte Krempel fliegt raus, alles wird neu und modern, mit eigenem Fahrstuhl fürs Essen. Und natürlich mit striktem Rauchverbot. Pah, denkt Martin, nicht mit mir, kramt seine Schachtel Peter Stuyvesant hervor und macht sich erstmal eine an.

Als er gerade eine große Rauchwolke ausatmet, startet auf der Kassette sein Favorit für graue Tage wie diesen: Fade to grey. Auch so ein Witz, über den sich Martin jedes Mal wieder kaputtlachen könnte.

Diesmal nicht, denn ihm fällt was ein. Mit einer für seine 120 Kilo sehr geschmeidigen Drehung macht Martin auf dem Absatz kehrt und verschwindet in einer Besenkammer im Versorgungskern des Turms. Man hört es rumpeln und scheppern. Kurze Zeit später kehrt er mit einer kleinen Lichtorgel zurück. Dieses Highlight der Heimunterhaltung stöpselt er in eine der von ihm vorschriftsmäßig geprüften Steckdosen. Rote Lichter leuchten auf im Takt von Visage und geben dem grauen Hamburger Himmel ein bisschen Farbe.

Im Eimer

Ich sitze an meinem Schreibtisch und schaue aus dem Fenster. Auf der anderen Straßenseite liegt die große Freifläche der Uni. Bäume mit den letzten goldenen Blättern, eine abstrakte, ehemals sehr bunte Metallskulptur aus den 70ern, die Ein- und Ausfahrt in die Tiefgarage. Etwas abgeschirmt ein mit bewachsenen Holzarkaden abgetrennter kleiner runder Platz, schön gepflastert, im Boden eingelassen ein Springbrunnen – der allerdings schon lange nicht mehr sprudelt. Die Laubenbögen sind völlig mit Rankpflanzen bewachsen und ergeben so kleine gemütliche Abteile oder grüne Separees. Sinnvoll möbliert mit jeweils einer Parkbank, ergänzt um einen robusten, fest verankerten Papierkorb aus Metall.

Ein wirklicher Coup der Landschaftsgärtnerei, inmitten dieser Steinwüste mit ein paar bewachsenen Holzbögen halbprivate Orte zu schaffen. Nicht nur an warmen Tagen ist das ein lauschiges Plätzchen. Kein Wunder, dass diese Lauben sehr beliebt sind. Bei den unterschiedlichsten Menschen. Klar, Liebespaare zum halbwegs ungestörten Knutschen. Studentische Arbeitsgruppen, die sich hier zum Lernen ausbreiten. Menschen ohne festen Wohnsitz, die auch ihr Hab und Gut sicher hinter der Bank verstauen können. Und Markus.

Markus, der Mann mit dem Pizzakarton. So einen hat er eigentlich immer in der Hand. Denn Pizzakartons sind auf der einen Seite schön groß und stabil, aber natürlich auch herrlich unauffällig und alltäglich. Niemand schaut komisch, wenn man mit einem Pizzakarton über den Campus läuft. Niemand kommt auf die Idee, zu vermuten, dass da was anderes drin sein könnte als Pizza oder wenn, dann höchstens eine Calzone. Ganz schön clever, denkt Markus, da haben die 17 Semester BWL ja richtig was gebracht. Wenn Markus den Pizzakarton nicht in der Hand hat, lagert der sicher und unbeachtet unter dem Papierkorb in einer der Lauben. Immer unterschiedlich natürlich, damit niemand stutzig wird und anfängt nachzufragen, was da los ist mit Markus und seinem Karton. Wollen wir heute mal wieder ein bisschen Umsatz machen, denkt Markus. Er ist früh unterwegs, denn er weiß, er wird gebraucht und er will seine Kundschaft nicht enttäuschen.

Happy clients, happy me. So ist das als erfolgreicher Geschäftsmann. Prüfungszeit auf dem Campus ist für Markus so was wie Black Friday und Weihnachten zusammen. Auch wenn die meisten Studenten wegen Corona nicht so viel Zeit auf dem Campus verbringen, kommen doch noch genug. Natürlich wegen der Bücher in der Bibliothek. Und wegen des Hirndopings von Markus, ohne das viele der Bücher einfach unverdaulich blieben. Was brauchst du?

Upper oder was zum Runterkommen? Ritalin, um dich besser zu konzentrieren? Oder bist du schon bei Speed angekommen? Klar ist das krass, aber wenn du in das Masterprogramm willst, würde ich schon empfehlen alle Tricks und Hilfsmittel zu nutzen. Muss ja nicht dauerhaft werden. Nein, keiner meiner Kunden ist auf Ritalin hängengeblieben, sagt er seinen Neukunden. Alle sind nach der letzten Prüfung oder Hausarbeit wieder in ihr altes straightes Leben zurück. Na ja bis zur nächsten Prüfungsrunde halt, was er seinen Neukunden natürlich verschweigt. Markus hat seinen Pizzakarton heute gut gepackt. Reichlich Methylphenidate an Bord genau wie Speed und eine breite Auswahl verschreibungspflichtiger Schmerz- und Beruhigungsmittel. United Colors of Markus. Tabletten gehen besser als Gras hat seine Marktforschung ergeben.

Ach, und als Einsteiger Goodie hochdosiertes Guarana. Das funktioniert super bei den verängstigten BWLer Mädchen, freut sich Markus. Sie wissen, dass sie was wollen, trauen sich aber nicht. Denen spendiert Markus eine Ladung Guarana aufs Haus, mit dem sicheren Wissen, dass sie ihn anrufen und was wollen, was wirklich knallt. Am nächsten Tag gibt's dann aus dem gut sortierten Pizzakarton, was sie wirklich wollen.

Happy clients

94

Happy me.

Könnte fast der Text für seinen Song werden. Beats von Moonbootica drauf und los geht's. Zum Dealen kam Markus eher zufällig. Moonbootica und Party machen war immer besser als Mikro und Makro. So vergingen die Semester der Regelstudienzeit leider zu schnell, um auch nur halbwegs alle notwendigen Scheine zu machen. Als die 8 Semester rum waren, haben ihm seine Eltern in der Gelbklinker-Villa in Schenefeld beim sonntäglichen Kaffeetrinken mitgeteilt, dass er jetzt ja eigentlich mit dem Studium durch sein müsste. Und dass deshalb der monatliche Wechsel durch ist. Auf BAföG hatte er keinen Anspruch, siehe Gelbklinker-Villa. Ehrlich Geld verdienen war ihm schon immer zu mühsam. Blieb kaum was anderes, als sich die Konzentrationsschwäche und Prüfungsängste seiner gut betuchten Kommilitonen zunutze zu machen.

Los geht's. Vorbereitung ist alles, denkt sich Markus, als er in einer der Lauben sitzt. Es sind schon eine ganze Menge SMS eingegangen und Markus muss schnell in den großen Lesesaal. Dort ist so viel Betrieb, dass sich Übergaben zwischen den für alle zugänglichen Regalen diskret erledigen lassen. Ein paar kleine Päckchen aus dem Pizzakarton verschwinden in die vielen Taschen seiner Moncler-Jacke. Rechts Ritalin. Links Schmerz usw. Alles hat seinen festen Platz in der

Jacke, damit es dann bei der Übergabe schnell geht. Den Pizzakarton schiebt er unaufmerksam unter den Papierkorb. Wie für ihn gemacht, gibt es zwischen Papierkorb und Boden einen kleinen Freiraum. Der Pizzakarton verschwindet vollkommen darin. Markus schaut zufrieden auf sein Versteck

Happy me, denkt Markus und geht Richtung Bibliothekseingang. Drinnen läuft alles wie immer. Niemand interessiert sich für den anderen. Alle haben ihre Prüfungen, Hausarbeiten und Examina im Kopf. Mit den Masken im Gesicht ist ja alles noch diskreter und niemand, der Markus nicht erkennen soll, erkennt ihn. Um sicher zu gehen, lässt sich Markus das Geld in einem Buch versteckt geben. Gern nimmt er dazu gern Max Webers Buch „Wirtschaft und Gesellschaft". Das hat ihm über die Jahre gute Dienste geleistet.

Taschen leer. Geld eingesammelt.

Raus hier. Aber erst noch einen Flat White in der Cafeteria. Über den Platz schlendern, den Kaffee genießen und sich über den guten Umsatz freuen. Beim Warten in der Kaffeeschlange hat Markus gesehen, dass schon wieder 10 Bestell-SMS eingegangen sind. Happy me, summt er vor sich hin, als er bei seiner Laube ankommt, um nachzuladen.

Ein Rudel Krähen belagert die Laube. Einige hocken auf der Parkbank. Andere hüpfen aufgeregt um den Papierkorb herum. Markus sieht einen zerfetzten Pizzakarton und viele aufgerissene Tütchen auf dem Boden neben dem Papierkorb liegen. Oh Shit! Wie ausgehungerte Wölfe machen sich die Krähen über den Inhalt her. Sie reißen mit den Schnäbeln die Tütchen auf, zerhacken den Inhalt und fressen den Wahnsinns-Cocktail. Schwarze Krähen mit weißem Pulver auf dem Schnabel, geht's noch? Wie ein Derwisch versucht Markus, die Krähen zu verscheuchen. Manche versuchen, in sehr sonderbaren bekifften Flugbahnen davonzukommen. Wäre sicher lustig, diese Flugmanöver zu beobachten, wenn dazu jetzt Zeit wäre. Aber Markus muss seine Habseligkeiten zusammenkratzen. Einsammeln, was die Krähen übrig gelassen haben. Es ist nicht viel. Ein paar Pillenpäckchen sind heil.

Alles Speed ist weggefuttert. Das kann ja lustig werden im Hamburger Luftraum.

Einzelzimmer mit Terrasse

Ich sitze an meinem Schreibtisch und schaue aus dem Fenster. Quietschend öffnet sich eine Tür. Ein Mann in Bademantel und karierten Pantoffeln tritt auf die Straße. Er hat eine Zahnbürste im Mund, bürstet kreisförmig die Schneidezähne und begutachtet den sehr milden Novembertag. Schön, hier aufzuwachen, denkt Boris. So mitten in der Stadt und trotzdem beschaulich wie in einer schläfrigen Wohnstraße irgendwo draußen. Gerade parken die Transporter und Kastenwagen der unendlichen Baustelle gegenüber in die abgesperrten Parkbuchten. Jetzt ist es vorbei mit der Ruhe, kann Boris gar nicht mehr denken. Denn da hat schon der Verdichter angefangen zu rütteln und der Fassadenaufzug rattert auf seiner ersten Fahrt nach oben. Drei Minuten sind eh rum, die Zähne poliert, Boris macht auf dem Absatz kehrt und verschwindet wieder in seiner Bleibe. Seiner Bleibe, die vor den hohen alten Wohnhäusern ganz selbstverständlich in einer Parklücke steht. Seiner Bleibe mit Rädern, Hochdach, Doppelverglasung und Nummernschild. Seinem Wohnmobil „Dethleffs Globetrotter Esprit".

20 Jahre alt, aber gut in Schuss. Mit Standklimaanlage, zweitem Frischwassertank, extrastarkem WLAN und neuen Polsterbezügen.

Jetzt erstmal Kaffee. Boris muss wach werden. Nichts geht über den Mischgeschmack aus Zahnpasta und gutem Filterkaffee. Pfefferminz und Koffein, so lüftet man sich morgens den Schädel durch.

Duschen fällt heute aus, zu wenig Wasser im Tank, aber für eine Katzenwäsche reicht es. Als Programmierer oder – wie modernere Kollegen heute sagen – Developer hatte Boris das große Los gezogen, ohne es wirklich zu wissen. Es gab zu wenig von seiner Sorte. Ehrlich gesagt, viel zu wenige. Diejenigen, die es gab, waren heiß umworben. Firmen ließen sich auf alle Forderungen ein, Hauptsache, die Developer waren happy.

Ein Kollege von Boris wollte nur nachts arbeiten – kein Ding. Ein anderer durfte im Büro vapen und wieder ein anderer trug stolz seine Büro-Birkenstock-Hausschuhe mit Wollsocken durch den Großraum. Coder sind die heimlichen Helden. Sie können das, was alle brauchen, aber die meisten nicht draufhaben. Ohne ihre Nullen und Einsen bleibt es bei Zahlenkolonnen in den riesigen DOS-Kisten und sie verwandeln sich halt nicht in die neueste Mobilitäts-App, den besten Sneaker-Onlineshop oder das nächste Ding nach TikTok.

Lange hatte Boris davon überhaupt keinen Schimmer. Marktwert? Ich? Ach komm. Sein ganzes Leben war was mit Computern. Erst Informatik in Rostock und dann von zu Hause aus in einem kleinen Dorf an der meckpommschen Küste. Homeoffice ergab sich ganz von allein, auch wenn er immer noch auf Glasfaser in Kröpelin wartet. Er und sein Laptop, mehr braucht`s nicht. Oder ehrlich gesagt, mehr ist eigentlich zu viel. Klar, hat er sich gefreut, über mehr und mehr Aufträge. Und über Angebote, irgendwo mit einzusteigen. Dann tauchte auch noch so ein Drei-Buchstaben-Titel auf, er musste erstmal nachschauen, was ein CTO eigentlich macht.

Ist nicht seins, da musste er nicht lange drüber nachdenken. Zu viel Gerede und zu viel mit Menschen. Viele Menschen, das war nicht so sein Ding. Lieber weniger Geld und mehr Zeit an der Kiste sitzen. Die Angebote hörten aber nicht auf. Immer mehr Honig wurde ihm um den Bart geschmiert. Komm doch in die Stadt, Boris. Schau mal hier, dein Büro mit Blick auf die Alster, Boris. Schlankes Team, nur Leute, die du willst. Agiles Arbeiten. Arbeiten, von wo du willst, nur einmal die Woche Check-in. Boris konnte sich immer noch nicht begeistern, aber ganz kalt ließen ihn die Angebote auch nicht.

Er überlegte hin und her. Umziehen? Er? In eine große Stadt, wo er keinen kennt? Und dann auch noch im Westen? Da löste sich der mühsam herbeigeredete Mut gleich wieder in Wohlgefallen auf. Aber irgendwie machte ihm jetzt das Leben zu Hause auch keinen wirklichen Spaß mehr. Die Stille und Leere an der Küste, die ihm immer so viel gegeben hatte. Auf einmal war das alles ganz schön mau. Verpass ich was?, fragte sich Boris. Bin ich ein stures Landei, mit Schiss in der Büx vor dem nächsten Schritt? Sollte ich nicht wenigstens einmal in meinem Leben springen? Dann kam ihm die Idee mit dem Mobile Office. Sein Nachbar hatte auf seinem Hof so ein Wohnmobil rumstehen. Könne er gernhaben, meint der Nachbar, wenn er ihm dafür seinen neuen Rechner einrichte. Der Kasten hatte schon einige Kilometer runter und Stoffbezüge, die allein vom Draufschauen psychedelische Wahnvorstellungen auslösten. Aber für seine Zwecke würde es schon reichen. Also gut. Let's do this – wie seine buzzwordigen Kollegen gerne sagten. Wohnmobil neu beziehen und Vollgas. Hallo, neues Leben. Hallo, Mobile Office. Hallo, Hamburg. Boris schaut stolz auf seinen Plan.

Montag, Dienstag zu Hause.

Pendeln nach Hamburg.

Dann Meetings, Meetings, Meetings (allein die Vorstellung ließ ihn schlucken)

Mittwochabend wieder zurück.

Den Rest der Woche in Ruhe vor sich hincoden.

Das schaff ich, dachte Boris. Das ist ein Leben, das nur ein bisschen anders ist als mein altes. Und auch nur ein bisschen aufregender. In Hamburg angekommen, stellt sich Boris die Frage nach dem perfekten Platz zum Übernachten. Er hatte recherchiert, eine Nacht darf man überall stehen, wo das nicht explizit verboten ist. Aber einfach irgendwo hinstellen, das will er nicht. Muss schon passen. Ruhig soll es sein, idealerweise nicht weit weg von der Arbeit. Dazu so anonym, dass er mit seinem Wohnmobil nicht sofort auffällt und neugierige Blockwart-Nachbarn ihn auf dem Kieker haben.

Deshalb keine Wohnstraßen, keine erste Reihe mit Alsterblick – er ist ja schließlich kein Tourist, sondern beruflich hier. Zufällig ist er in diese kleine Straße an der Uni eingebogen. Zwei Sachen machten ihm die Entscheidung besonders leicht. Zum einen parkte da schon ein Wohnmobil – er würde also nicht so auffallen. Und zum anderen gab es jetzt am frühen Abend freie Parkplätze. Die Pendler-Studenten waren wohl schon alle wieder zu Hause in Norderstedt/Quickborn/Pinneberg/ Buxtehude. Hier gefällt's mir, denkt Boris, als er seinen Camper parallel zur Straße abstellt, was zwei normale Parkplätze braucht. Egal, scheint eh niemand so wirklich zu brauchen, so viel wie hier frei ist.

Immer dienstagabends parkt er jetzt irgendwo in der kleinen Straße. Manchmal geht er in das italienische Lokal die Straße runter, wo ihn die italienischsten Inder, die es überhaupt gibt, schon bald begrüßen wie einen guten Freund. Alles toll in der Straße, denkt er, wenn nur die vielen Krähen nicht wären, die Ziel-Kacken mit seinem Hochdach spielen. Bald muss er sich den Kärcher von seinem Nachbarn leihen, um den ganzen Dreck wieder runterzuspülen. Was er wohl diesmal als Kompensation verlangt? Ein paar Bitcoins für ihn schürfen? Nach etwa einem Jahr als Dauerparker bemerkt Boris plötzlich sonderbare Baumaßnahmen. An beiden Enden wird die Straße aufgerissen und es werden Parkautomaten installiert. Die Parkfreiheit hat ein Ende, stellt Boris fest, die Straße wird gebührenpflichtig.

Natürlich bleibt es nicht bei den Automaten. Als Nächstes kommen sehr aufmerksame Strafzettelverteiler. Einige Male hat Boris das Knöllchen schon hinterm Scheibenwischer, bevor er zum Zähneputzen vor eine Tür getreten ist. Jedes Mal 20 Euro, das ärgert Boris. Zeit, sich die Sache genauer anzuschauen. Boris recherchiert. Von 9.00 bis 20.00 Uhr kostet sein Zweitwohnsitz jetzt also Liegegebühren. Zwei Euro die Stunde, entweder am Automaten oder mobil zu bezahlen, allerdings auf drei Stunden begrenzt. Leider gibt es keine Tageskarte. Und einfach sein Handy so zu programmieren, dass es alle drei Stunden per SMS ein neues Ticket kauft, geht auch nicht. Dann hätte man ja offensichtlich und nachweisbar die Stundenbegrenzung überschritten.

Tagsüber umparken ist auch keine Option. Da sind die Parkplätze alle voll und es kommt einem Glücksspiel gleich, einen neuen Platz für den Camper zu finden. Er überlegt, ob man das System vielleicht irgendwie austricksen könnte. Boris ist aufgefallen, dass zwei Systeme parallel das Parken kontrollieren. Einmal die Sheriffs vor Ort, die schauen, ob ein Parkzettel mit der passenden Uhrzeit hinter der Windschutzscheibe liegt. Und dann die digitale Alternative. Wenn man also erst drei Stunden beim einen kauft. Und dann per SMS drei Stunden beim anderen und dazu auch noch die Nummer des zweiten Automaten verwendet, könnte die Wahrscheinlichkeit bestehen, dass man damit durchkommt. Ist ja Deutschland hier, da sitzt jeder in seinem Silo. Bei seiner nächsten Reise probiert er das gleich mal aus: auf dem Weg ins Büro ein Ticket aus dem einen Automaten. Mittags dann eins per SMS mit der Nummer des anderen. Es klappt. Keine Knöllchen mehr. Über mehrere Wochen. Und das obwohl die Sheriffs kräftig auf der Pirsch sind.

Wie toll, dass die Systeme nicht miteinander reden, denkt Boris. Hätte ich natürlich ganz anders gemacht, aber zum Glück lässt die Stadt in einer anderen Programmierbude arbeiten. Um 15 Uhr, wenn sein zweites Ticket abgelaufen ist, muss er dann auch leider los. Zu sehr möchte er die Parkschein-Apparatschiks nicht herausfordern –

104

ein weiteres Ticket zu kaufen, würde sicher bald Ärger geben.

Aber noch viel mehr hat Boris erkannt, dass sechs Stunden in einem Raum mit anderen Menschen für ihn eine gute zeitliche Begrenzung sind.

Saut de Chat

Ich sitze an meinem Schreibtisch und schaue aus dem Fenster. Ein paar Studenten stehen sich die Beine in den Bauch, um irgendwann Einlass in die Bibliothek zu bekommen. Corona sucks. Die Sonne scheint durch die paar letzten Blätter, die sich noch mühsam an den Bäumen halten. Wohl wissend, dass schon die nächste Böe sie unwiederbringlich zu Boden befördern könnte. Ein Radfahrer kreuzt den Campus. Er schaut neugierig auf die Bauarbeiten an der Fahrradstraße und freut sich über das, was es da zu sehen gibt. Die Straße wird schmaler gemacht, sodass nur noch ein Auto durchpasst. Die Autoparkplätze werden im großen Stil zu Fahrradständern. Klar, die Radfahrer sind die neuen Chefs. Es wird nicht mehr lange dauern, bis wir die Herrschaft über die Innenstadt übernehmen, denkt der Radler stolz und sitzt noch ein bisschen aufrechter auf seinem Brooks-Sattel.

Da fliegt plötzlich eine menschlicher Spirale über den Radfahrer. Der erschrickt sich zu Tode und kann sein Rad gerade noch in der Spur halten. Aus dem Augenwinkel verfolgt er die elegante Drehung, die ein ganz in Schwarz gekleidetes Wesen fliegt, das aus dem Nirgendwo zu kommen scheint. Der Springer landet auf der anderen Seite des Radfahrers, rollt elegant über die linke Schulter ab und springt kraftvoll in den Stand.

Nichts wie weg, denkt der Radfahrer und hört hinter sich lautes Gegröle.

Robin, Chao, Leila und Memet kommen jubelnd aus den Büschen und klopfen Pia auf die Schulter. Dort hatten sie sich versteckt, um Pias Customized Twirled Walljump nicht zu stören. Aber eigentlich hatten sie sich da versteckt, weil sie wussten, dass der Schreck beim Radfahrer viel größer ist, wenn die schwarze Spirale so vollkommen ohne Ankündigung durch die Luft geflogen kommt. Wenn da ein paar andere Parcours-Leute rumstehen, spoilt das die ganze Szenerie und die Passanten sind dann immer schon ein wenig vorgewarnt. Erstmal Material auswerten. Sie stehen eng zusammen und begutachten die Videos, die sie gerade mit ihren Handys aufgenommen haben. Drei verschiedene Perspektiven. Zusätzlich eine Close-up-Kamera, die die ganze Zeit das Gesicht des Radfahrers fokussiert. Von dem Moment, wo er über den Campus geradelt kommt und sich über die Baustelle freut, über das blanke Entsetzen, als das schwarze Etwas über ihn fliegt, bis zu dem halb erleichterten, halb verärgerten Ausdruck, als er Richtung Grindelhof von der Bildfläche verschwindet. Das ist wow, boah, mega, stammelt Leila und alle anderen kreischen mit.

Der Flug perfekt, die Landung 9 von 10 Punkten, das Gesicht des Radfahrers unbezahlbar, denkt Chao. Was weiß schon Mastercard über unbezahlbar, das hier ist das echte Unbezahlbar. TikTok wird explodieren. Zwei Jahre hatte es gedauert, hierhinzukommen. Zwei Jahre immer wieder aufstehen, bis sie ihre Moves einigermaßen beherrschten. Den letzten Sommer haben sie quasi auf dem Campus gewohnt, statt Schule von morgens bis abends Sprünge üben. Blaue Flecken, verstauchte Arme, dicke Fußknöchel und aufgeschürfte Knie inklusive. Zum Glück gibt's ja Ibo 800 und Voltaren.

Dann waren sie endlich so gut wie diese Idioten aus der City Nord. Die Nord Boys, die lange zu Recht von sich behaupten durften, niemand parcourt wie sie. Das entsprach auch der Wahrheit bis zu jenem denkwürdigen Treffen Ende letzten Sommers. Die Nerd, sorry, Nord Boys waren schon eine Erscheinung, wenn sie mit beiden Beinen am Boden standen. Alle in Trainingsanzügen von irgendeiner Hype-Marke, die es nur in der City Nord zu geben scheint. Fast die gleiche Farbe, aber doch jeder ein bisschen anders. Wenn sie synchron auf eine Fahrradgarage sprangen, Unterführungen mit doppelten Saltos überflogen, dann musste man einfach neidlos anerkennen. Ihr habt es drauf, Boys! Keiner springt höher, keiner fliegt weiter, keiner landet lässiger. Na ja, bis zu besagtem Spätsommer-Mittwoch in der verlassenen Einkaufspassage der City Nord. Die Gäste waren einfach besser.

108

Flieg, Grindel, flieg!

Und das taten sie. Die Nord Boys wurden erst immer leiser und waren dann so verstört, dass sie den Endgegnern sogar was von ihrer geheiligten Kiffe anboten. Vielleicht in der Hoffnung, dass sich so die Schmach in Wolken auflöst. Aber die Schmach blieb, lange nachdem die Joints ausgetreten waren.

Flieg, Grindel, flieg. Sonderbarerweise machte sich nach dem sensationellen Sieg die „Wir sind die Parcours Kings"-Laune aber nicht auf dem Uni-Campus breit. Kaum hatten Robin, Chao, Leila, Pia und Memet die alten Jefes in ihrem Heimterrain gedemütigt, war für sie bei Parcours die Luft raus. Die wichtigste Schlacht war geschlagen, der Rivale pulverisiert. Die Nord Boys würden sich davon nicht mehr erholen. Kein anderer ernst zu nehmender Gegner in Sicht. Die Jungs waren auf dem Absprung zu Call of Duty. Die Girls rutschten ab und schimmelten bei irgendwelchen Gelnägel-Tutorials rum, zum Teil um sich über die Bibis, Ayshes und wie sie alle heißen lustig zu machen. Zum größeren Teil aber, weil sie unbedingt auch solche Nägel wollten. Irgendwann saßen sie gelangweilt auf dem Campus rum. Sie hatten alle Mauern besprungen, Saltos über Papierkörbe gemacht, sie waren mit Armsprüngen von einer Seite der Tiefgarageneinfahrt zur nächsten gejumpt. Gähn. Gibt's was Neues.

Bis Memet an einem dieser gleichförmigen öden Nachmittage was Außergewöhnliches gemacht hat. Bei ein paar Sprüngen über die bewachsenen Lauben ist Memet sehr nah über einen Typen geflogen, der auf einer der Bänke saß und mit einem Pizzakarton zugange war. Der Blick vom Pizzatyp war unbeschreiblich, als würde er ein Ufo sehen. War ja auch ein bisschen so.

Memet hat Parcours einfach mal so neu erfunden. Ohne nachzudenken. Ohne Plan. Die Normalos, die Alltäglichen, die Radfahrer mit reinzunehmen in den Parcours, und zwar ob sie wollen oder nicht, das ist das nächste große Ding. Das ist ihr nächstes großes Ding. „Prank Parcours" könnte ein Name sein, überlegen sie. Oder „Der Parcours der anderen". Oder „Social Parcours". Oder halt gar keinen Namen, dafür aber mal über den vorbeifahrenden Ferrari Spider fliegen, während er in die Tiefgarage knallt.

Jetzt schon auf TikTok. Bald auf der ganzen Welt.

Große Eröffnung

Ich sitze an meinem Schreibtisch und schaue aus dem Fenster. Check, check. One, two, sree. One two sree, dröhnt eine Mikrofon-Stimme laut von der Straße nach oben. Wie beim Soundcheck eines Festivals klingt das. Dieser Moment, wenn in Schesel oder beim Dockville umgebaut wird, die Fans der vorherigen Band zum Bierstand schwanken, die Fans der nächsten Band sich die Plätze ganz vorn erdrücken und der Roadie prüft, ob die Boxen richtig angeschlossen sind. Der Tonmann am Mischer dreht noch ein bisschen die Höhen raus, die Bässe rein. Daumen hoch. Check, check, jetzt kann's losgehen.

Losgehen? Was eigentlich? Im grauen, tristen November, in einer kleinen Straße in der Nähe der Hamburger Universität. Eine kleine Bühne steht mitten auf der Straße. Die war da gestern noch nicht, muss irgendwer im Dunkeln aufgebaut haben. Auf jeder Seite der Bühne ist eine schräge Rampe angebracht. Quer über die Bühne ist ein breites, rotes Band gespannt. Rechts und links hinter der Bühne stehen Lautsprecher auf Teleskopständern. An der Vorderkante der Bühne wurde ein einsames Mikrofon platziert. Kein Schlagzeug, keine Gitarrenverstärker, nach Campus Jam Festival sieht das nicht aus.

112

Gerade spannt einer der geschäftig wirkenden Mitarbeiter ein Banner zwischen den zwei Lautsprechern. Es passt noch nicht ganz, das Banner ist zu kurz oder die Boxen stehen zu weit auseinander. Aber auch diese Schwierigkeit ist schnell aus der Welt. Das Banner wird ausgerollt. Kurs Fahrradstadt. Hamburg freut sich über die nächste Fahrradstraße, steht drauf, umrahmt von zahlreichen Radler-Piktogrammen.

Ein Lastwagen rangiert vorsichtig in die schmale Straße, die jetzt als frischgebackene, aber nicht offizielle inaugurierte Fahrradstraße sogar noch schmaler geworden ist. Der Laster setzt vorsichtig zurück und gibt dabei diese sehr anstrengenden Pieptöne von sich. Er dürfte keinen Zentimeter breiter sein, sonst würden die frisch angelegten Rabatten zerfahren. Der Laster ist auf allen Seiten mit den Logos und Sprüchen des NDR bedruckt. Ein rollendes Fernsehstudio, das jetzt gerade seine große Sendeantenne ausklappt. Der Fahrer des Lasters ist ausgestiegen und schaut mitleidig zum Fernsehturm rüber. Tja, dich brauchen wir jetzt nicht mehr, wir sind jetzt selber groß und können ganz allein senden. Der Wirt Vinjay kommt aus seinem italienischen Restaurant und schaut sich neugierig um. Ist ja endlich mal wieder richtig was los in der kleinen Straße, freut er sich und verschwindet in die Treppe runter in seinem Souterrain Lokal. Nur um kurz darauf mit einigen der Terrassen-Möbel wieder rauszukommen. Wenn hier was los ist, kann man doch auch ein bisschen was anbieten.

Faruk biegt in seinem DHL-Lieferwagen um die Ecke. Die Bauarbeiten haben ihn die letzten Wochen sehr genervt. Für ihn passt das nicht zusammen. Zum einen bestellen die Menschen immer mehr Sachen, die ihnen dann in Paketen gebracht werden müssen. Zum anderen bauen sie jetzt die Straßen immer schmaler. Er sieht diesen sonderbaren Lastwagen mit ausgeklappter Antenne die Durchfahrt versperren. Auch wenn er schon locker 30 Pakete hinter seinem Schichtschnitt liegt, will er doch wissen, was hier los ist. Wurde vielleicht das Paket-Roulette zwischen allen Nachbarn aufgeklärt und wird jetzt vor laufenden Fernsehkameras besprochen?, fragt er sich nervös. Da entdeckt er das Banner hinter der Bühne und lächelt erleichtert. Wieder einmal ist er sehr froh, dass es nicht um ihn geht.

Schon geht die Musik los. Neben dem Tonmann steht ein DJ, der aus einem umgebauten Lastenfahrrad heraus Platten auflegt. Für den Anlass hat er etwas ganz Besonderes herausgesucht: Einen Dub Remix von „Ja, mir san mit'm Radel da", über den ein Nachwuchsrapper aus der Eimsbush-Posse ein paar Verse legt. Der Rapper fährt dabei natürlich Einrad und schafft es ganz lässig mit Mikrofon in der Hand über die Rampe auf die Bühne. Gerade kommt Klaus aus der Haustür, wie immer seinen Instrumentenkoffer geschultert und wie immer barfuß. Was ist denn hier los? Ganz gute jazzige Mukke, die da aus den Boxen kommt. Aber wie eigentlich alles würde auch das mit ein bisschen Saxophon deutlich

114

besser klingen. Schon hat er das Instrument aus dem Koffer befreit und sich um den Hals gehängt. Barfuß geht er die Rampe hoch und saxt zu den Reimen des leicht verwunderten Rappers.

Mittlerweile hat der Lärm eine Traube von Menschen angelockt. Journalisten machen sich Notizen in ihre Klappblöcke. Fotografen halten alles Wichtige mit ihren Teleobjektiven fest. Die Anwohner, die alle irgendwo hin unterwegs sind an diesem Novembermorgen, halten kurz inne, um zu sehen, was hier in ihrer kleinen Straße geboten wird. Katrin steht zusammen mit den Bauarbeiten vor dem immer noch nicht fertig renovierten Haus. Mittlerweile kennen sie sich schon so lange, dass Katrin Pjotr, Vladim und Tadeusz schon als ihre Nachbarn wahrnimmt. Wo sie hier so zusammenstehen und mit bröckeligem Deutsch versuchen, mit ihr Kommunikation zu machen, merkt sie zum ersten Mal, dass sie die Handwerker vermissen wird, wenn dann mal alles fertig ist. Na ja, muss sie sich eingestehen, so schnell wird es ja noch nicht zum Abschied kommen. Jetzt kommt ein Mann im Anzug auf einem schön glänzenden dunkelgrauen Gazelle-Rad die Straße herunter. Er muss abbremsen und entschlossen um den DHL- und den Fernsehsender-Laster herum lenken und bremst kurz vor der Bühne ab. Der Tross in seinem Schlepptau steigt ebenfalls von den Rädern. Mehrere offiziell aussehende Frauen und Männer. Die Kameraobjektive und Mikrofone der Presse wenden sich sofort in ihre Richtung. Man sieht den Neuankömmlingen an, dass sie öfter Dinge

115

einweihen oder eröffnen, als auf dem Rad unterwegs zu sein. Aber was soll's, der Verkehrssenator hat angeordnet, dass man Fahrradstraßen natürlich nur mit dem Rad eröffnen könne. Das gelte für den Senator und die Personenschützer und deshalb genauso für die Frau Staatsrätin, den Pressesprecher und den Bezirksbürgermeister.

Ein Mitarbeiter des Senators spricht kurz mit den Organisatoren. Kleine logistische Fragen müssen geklärt werden. Nach einigen Instruktionen schiebt der Senator sein Rad wieder weg von der Bühne. Er dreht es um 180 Grad, schwingt sich auf den Sattel, um quasi noch ein zweites Mal an der Bühne anzukommen. Da kommt eine weitere Mitarbeiterin angelaufen und ruft ihm etwas zu. Der Senator stoppt. Als er sieht, was die Frau in der Hand hält, entgleisen seine Gesichtszüge ein wenig. Eigentlich haben ja Politiker ihre Gesichtsmuskeln unter Kontrolle. Wenn es dann zu einer sichtbaren Mini-Entgleisung kommt, muss schon was wirklich Schlimmes passiert sein. Ja, was hat sie in der Hand? Was kann denn so schlimm sein, dass der Senator die Kontrolle verliert? Einen Fahrradhelm. Und zwar eine Ventura Crash-Kappe „Retro" in braunem Lederimitat.

Jetzt hat er sein Lächeln zurück. Und mit genau diesem vielfach erprobten Wahlkampflächeln setzt er den Helm auf. Der Senator weiß, es gibt kein Vertun. Er hat eine Vorbildfunktion, also gilt „Helm auf!", sobald es offiziell wird. Ohne dass es die Anwesenden bemerkt haben, sind in der Zwischenzeit ein paar schwarz gekleidete, sehr athletische Parcoursturner mit äußerst unaufgeregten und präzisen Sprüngen auf dem Übertragungswagen gelandet. Sie kauern auf dem Dach zwischen den Antennen mit der besten Aussicht von allen.

Der Senator hat seinen Helm gut unterm Hals festgezurrt. Jetzt steigt er wieder in die Pedale und fährt Richtung Rampe. Auf der Bühne stehen immer noch der einrädrige Rapper und der Barfuß-Sax-Player. Er nimmt die Steigung mit Schwung, kommt oben auf der Bühne an und kurz vor dem roten Band zum Stehen. Die Kameras der Pressemeute klicken, das sind genau die Bilder, die die Leute morgen in der Zeitung sehen wollen. Und der Senator sowieso. Hip-Hop hat jetzt mal Pause. Der Senator hält seine schon bei den Eröffnungen der letzten 19 Fahrradstraßen erprobte Rede, bei der er nur die Länge der Gesamtstrecke aktualisieren muss und den jeweils tagesaktuellen Wahlkampfslogan seiner Partei.

Die Anwesenden klatschen. Ein großer Moment für so eine kleine Straße. Vorn mit dabei sein, bei dieser Umstellung von Fossil- auf Muskelkraft, die Stadt wieder lebenswerter machen. Als Nächstes steht das Durchschneiden des roten Bandes und damit die offizielle Eröffnung auf dem Programm. Auch diesen Bestandteil hat der Senator schon oft absolviert und eine gewisse Perfektion im Durchschneiden vom Fahrrad aus entwickelt. Eine Mitarbeiterin, dieselbe, die ihm vorhin auch an den Helm erinnert hat, überreicht ihm eine große Schere. So groß, dass er sie gerade noch mit einer Hand bedienen kann. Die andere braucht er ja zum Bedienen des Fahrradlenkers. Los geht's. Der Senator rollt an. Die Schere gezückt, bereit, alles durchzuschneiden, was ihm in die Quere kommt. In genau diesem Moment, in dem er das rote Band erreicht hat, bemerkt er, dass die Menge unruhig wird. Mehrere sich spiralförmig drehende, menschliche Körper fliegen vom Fernsehlaster direkt über ihn hinweg. Während er so rollt und das Klicken der Fotokameras hört, schaut der Senator verärgert und gleichzeitig ein wenig neugierig nach oben, um genauer zu sehen, was da los ist. Wie in Zeitlupe sieht er fünf mit Hoodies vermummten Athleten in einer langsamen Drehbewegung über sich.

Er kann nur noch „Das ist also dieser Parcours" denken, da wird seine Fahrt von einem lauten Scheppern gestoppt. Durch seine Abgelenktheit ist der Politiker von seinem angedachten Weg abgekommen und in einen der Lautsprecher gerollt. Der wackelt erst gefährlich, kippt dann zu Boden und reißt das Fahrradstraßen-Banner in zwei. Die immer wachsamen Personenschützer sind sofort zur Stelle und fangen den

118

strauchelnden Senator auf, bevor auch er zu Boden geht. In dem ganzen Durcheinander sind die Parcours-Springer elegant auf der anderen Seite der Bühne gelandet. Aus Witz haben sie sich ganz kurz verbeugt, dann Saltos von der Bühne gemacht und sind auf den Campus geflüchtet. Die Personenschützer waren zu sehr mit dem Senator beschäftigt, um sich um diese unerwarteten Eindringlinge zu kümmern.

Was wird wohl morgen auf dem Foto sein? schwant es dem Senator, als er jetzt im Stehen mit leicht wackeligen Knien das rote Band durchschneidet.

Flieg, Grindel, flieg!

Über den Autor:

Timm Weber, gelernter Werbetexter, hat schon für viele geschrieben: für Autos, für den Spiegel, für Maggi, für Luxusuhren, für Biere, für Banken und Kreditkarten, für Mähdrescher und Walt Disney. Jetzt hat er etwas Neues versucht. Das Schreiben ganz ohne Auftraggeber.